21世纪高职高专艺术设计规划教材

色彩构成

刘 军　林文成　主 编

清华大学出版社

北 京

内 容 简 介

本书全面系统地阐述了色彩构成的基本概念、基本原理和基本技巧。全书分为基础理论篇、应用实践篇和案例欣赏篇,具体内容包括认识色彩构成、色彩的心理知觉、色彩对比构成训练、色彩调和构成训练、色彩构成的应用规律、色彩的采集与重构、色彩构成的应用、具体作品欣赏 8 大模块。

本书内容全面,条理清晰,讲解通俗易懂,具有融科学性、理论性、知识性及实用性为一体的特点,可供高职高专院校艺术设计专业的学生使用,也可以供艺术设计相关从业人员参考。

图书在版编目(CIP)数据

色彩构成/刘军,林文成主编. —北京:清华大学出版社,2011.9
(21 世纪高职高专艺术设计规划教材)
ISBN 978-7-302-26769-0

Ⅰ. ①色…　Ⅱ. ①刘…　②林…　Ⅲ. ①色彩学－高等职业教育－教材　Ⅳ. ①J063

中国版本图书馆 CIP 数据核字(2011)第 176156 号

责任编辑:张龙卿(sdzlq123@163.com)
责任校对:刘　静
责任印制:李红英
出版发行:清华大学出版社　　　　　　　　　　　地　　址:北京清华大学学研大厦 A 座
　　　　　http://www.tup.com.cn　　　　　　　　邮　　编:100084
社　总　机:010-62770175　　　　　　　　　　邮　　购:010-62786544
投稿与读者服务:010-62776969,c-service@tup.tsinghua.edu.cn
质　量　反　馈:010-62772015,zhiliang@tup.tsinghua.edu.cn
印　刷　者:北京市世界知识印刷厂
装　订　者:三河市新茂装订有限公司
经　　销:全国新华书店
开　　本:185×260　印　张:9　字　数:204 千字
版　　次:2011 年 9 月第 1 版　　　印　　次:2011 年 9 月第 1 次印刷
印　　数:1~3000
定　　价:49.50 元

产品编号:043125-01

编委会

前　言

　　艺术设计教育首先应依据设计学科特点，采用科学的方法，选用优化的知识结构，建构良好的、符合培养目标的教育体系，以便更好地向学生传授知识，达到培养基本能力（含创新能力和技能）、基本素质的目的；并应注重培养学生的社会责任感，强化设计服务于社会、服务于人类的思想，从而造就适应学科和社会发展需要的高级设计人才。

　　色彩构成一词的出现及作为艺术设计基础课程的引进，的确是中国高等艺术院校艺术设计专业的一个里程碑。色彩构成是具有共性的设计语言，已为当今社会各种艺术、设计门类所应用，色彩构成与其他应用设计的学科一样，都是为了丰富现代设计理论和艺术表现形式。

　　本书的特色在于：将创新性、致用性、致美性有机地进行融合，引导学生在实训中掌握色彩构成的原理，培养创新型的设计思维。

　　本书全面系统地阐述了色彩构成的基本概念、基本原理以及基本技巧。全书分为基础理论篇、应用实践篇和案例欣赏篇，具体内容包括认识色彩构成、色彩的心理知觉、色彩对比构成训练、色彩调和构成训练、色彩构成的应用规律、色彩的采集与重构、色彩构成的应用、具体作品欣赏8大模块。

　　本书内容全面，条理清晰，讲解通俗易懂，具有融科学性、理论性、知识性及实用性为一体的特点。

　　本书既可作为高等职业技术院校艺术设计及相关专业的教材，也可供在职设计人员参考使用；还可供关心设计、参与设计的广大读者使用，以增加知识，增进修养。

　　本书由刘军、林文成任主编，刘浩然、全泉、陆丹、廖敏、汤荣春、张放、梁虎任副主编，韦威贤、冯滨、何婷婷、李铁成、黄慧玲、卢芳、黄安源也参加了本书部分内容的编写，在此一并表示感谢。

编　者
2011.7

目 录

基础理论篇

应用实践篇

案例欣赏篇

基础理论篇 ≫

模块 1　认识色彩构成

1.1　色彩构成的概念

构成，即构造、解构、重构、组合之意。具体地说就是遵循一定的审美规律，以理性的组合方式入手，表达感性的视觉形象。在艺术设计专业基础教学中，构成教学包括平面构成、色彩构成和立体构成，即三大构成。

色彩构成，就是从色彩的知觉和心理感受出发，将色彩按照一定的规律去组合，创造出新的、适合需要的色彩效果，这种对色彩的创造，称为色彩构成。色彩构成作为艺术设计专业的独立的基础课程，是继写生等绘画训练之后又一个比较系统和完整地认识色彩理论、掌握色彩形式法则的课程。色彩构成学说探讨色彩物理、生理和心理特征，通过调整色彩关系（对比、调和、统一等）的方式，获得良好的色彩组合效果，具有重要的设计应用价值。

1.2　色彩构成的特点与学习目的

色彩构成，是色彩设计的基础，是构成基础训练中一个重要的组成部分。色彩构成的原则是：将创造色彩关系的各种因素，以纯粹的形式加以分析和研究，通过色彩构成的学习，了解设计色彩的基本知识，提高形与色综合造型的创造能力，培养视觉艺术形式的创造性思维方式。

1.3　光　与　色

1.3.1　色彩的形成

我们知道，光是色彩发生的原因。有光才能看到物体的色彩，色是光刺激眼睛产生的结果。牛顿将太阳白光分解为红、橙、黄、绿、青、蓝、紫的七种色带（图1-1）。

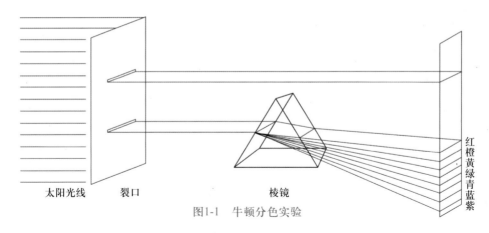

图1-1　牛顿分色实验

光是一种电磁波，不同的色彩具有不同的波长，红色波长最长，紫色波长最短（图1-2）。

光通过直射、反射、透射和折射等多种形式传播。光的强弱、性质和外界环境的不同，色彩就会产生变化。物体本身是不发光的，我们肉眼看到的万物的色彩斑斓，称为物体的色（颜色）。物体颜色是由光源色经物体吸收、反射、透射、折射，反映到人的视觉中的一种光色感觉。这就是色彩的奥秘。

图1-2　可见光范围在380～780nm内

1.3.2　色彩的三要素

世界上的色彩千千万万，各不相同，其丰富程度无法用语言来描述。它们大致可分为无彩色系与有彩色系两大类。在有彩色系色彩中，每个色彩都有三个基本要素：色相、明度、纯度。色彩的三要素是色彩的基本语言，对于认识和运用色彩具有极为重要的意义。色的表示法就是色相、明度和纯度。

1. 色相

色相就是色彩的相貌，也是色彩的名称。每一个色名都表示一个特定的色彩印象，如红、橙、黄、绿、青、蓝、紫等。所以我们说，色相是色彩的肌肤，是色彩的灵魂（图1-3）。

2. 明度

明度就是指色彩的深浅程度，也称亮度。明度具有较强的对比性，它的明暗关系只有在对比中才能显现出来。在无彩色系中，白色明

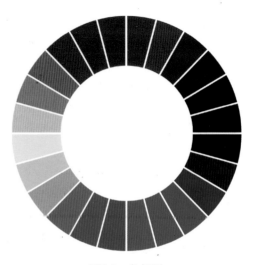

图1-3　色相环

度最高，黑色明度最低。有彩色系中，黄色明度最高、蓝紫色明度最低（图1-4）。

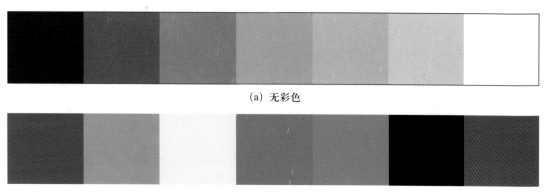

（a）无彩色

（b）有彩色

图1-4 有彩色与无彩色明度

相对于色相和纯度，明度具有较强的独立性。明度可以用黑、白、灰的无彩色关系单独地表现出来，而色相和纯度则需要依赖一定的明暗才能显示。因此明度是色彩的骨核心，是色彩的关键（图1-5）。

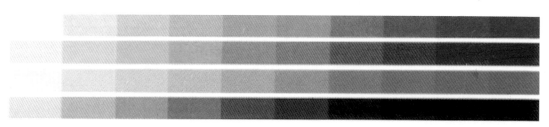

图1-5 明度变化

3. 纯度

纯度是指色彩中含色素或色味的多少，也是色彩的鲜灰度、饱和度。无彩色系中的颜色，没有色相感，纯度为零；在有彩色系中，鲜艳的色彩纯度高。

例如，红色加入了白色就变成了淡红色，我们就可以说淡红色的明度是比红色提高了，但是由于淡红色中的红色含量减少了，所以鲜艳度就降低了。换而言之就是淡红色的纯度比红色减弱了。

注意：一个颜色的纯度高并不等于明度高，它们并不成正比。当明度变化时纯度当然也在变化，不管明度是增大还是减小，纯度都会降低，只有明度适中时，纯度才会最高。

纯度体现的是色彩的品质，是色彩的精神（图1-6）。

图1-6 纯度变化

>>>>>>>>

1.4　色彩混合

色彩混合是指两种或两种以上的颜色相混合产生新的色彩。色彩混合可以在视觉外完成，而后再进入视觉，包括加法混合与减法混合两种形式，也可以进入视觉内后再进行混合，称为中间混合。

1.4.1　加法混合（加光混合）

加法混合是指光的混合，因此也叫加光混合。我们已经知道光的三原色是红、绿、蓝，更准确地说是朱红、翠绿和蓝紫，那么，假设一块白色屏幕，将红光与绿光合为一束投照到屏幕上，此时屏幕上的光应该是黄色的；如果将红、绿、蓝这三束光合二为一投射到屏幕上，此时，屏幕上的光应该是最明亮的白色。

无论是什么颜色的光，只要是两种以上的色光混合在一起，光亮度（明度）都会大大提高，混合后的总亮度等于混合前各色光的亮度之和（图1-7）。

1.4.2　减法混合（减光混合）

减法混合是指物质的混合，而不是光的混合。我们都知道，红、黄、蓝三原色能调配成三种以上的间色和复色。比如，黄色与蓝色相混而得绿色，而且每混合一次就暗一次，红、黄、蓝混合则成了暗灰色。因此，这种混合称为减光混合（图1-8）。

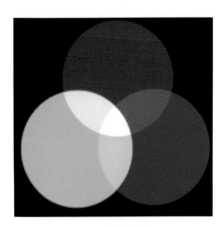

图1-7　加光混合

图1-8　减光混合

1.4.3　中间混合

中间混合包括旋转混合与空间混合两种。

（1）旋转混合。它是指将红、橙、黄、绿、蓝、紫这些色彩的颜料等量涂在圆形色盘上，然后使色盘飞速旋转，这时我们会见到一片浅灰色，称它为旋转混合。

（2）空间混合。它是将两种或者两种以上的颜色并置在一起，通过一定的空间距离，在人的视觉内达成的混合，又称并置混合。空间混合是在人的视觉内完成的，也叫视觉调和。这种混合与前面几种混合的不同点在于：颜色本身并没有真正的混合，它必须借助一定的空间距离来完成（图 1-9 和图 1-10）。

图1-9 空间混合（1）

图1-10 空间混合（2）

空间混合能给人带来光刺激量的增加，它与减法混合相比，明度显得高些，色彩显得丰富些，效果更响亮、更闪耀，有一种空间的流动感。比如，大红与翠绿颜料直接相混，得出黑灰色，而用空间混合方法可获得一种新的视觉效果。

>>>>>>>>

1.5 色彩体系

色彩大致可以分为无彩色与有彩色两大系列。

(1) 无彩色。它是指白色、黑色和由白色黑色调和形成的各种深浅不同的灰色。无彩色按照一定的变化规律，可以排成一个系列，由白色渐变到浅灰、中灰、深灰再到黑色，色度学上称此为黑白系列。纯白是理想的完全反射的物体，纯黑是理想的完全吸收的物体。现实生活中并不存在纯白与纯黑的物体，颜料中采用的锌白和铅白只能接近纯白，煤黑只能接近纯黑。无彩色系的颜色只有一种基本性质——明度，它们不具备色相和纯度的性质，即它们的色相与纯度在理论上都等于零。色彩的明度可用黑白度来表示，越接近白色，明度越高；越接近黑色，明度越低。黑与白作为颜料，可以调节物体色的反射率，使物体色提高明度或降低明度（图1-11）。

图1-11　无彩色

(2) 有彩色。它是指除了黑、白、灰之外的其他色彩。有彩色包括红、橙、黄、绿、青、蓝、紫等颜色，不同明度和纯度的红、橙、黄、绿、青、蓝、紫色调都属于有彩色系。有彩色是由光的波长和振幅决定的，波长决定色相，振幅决定色调（图1-12）。

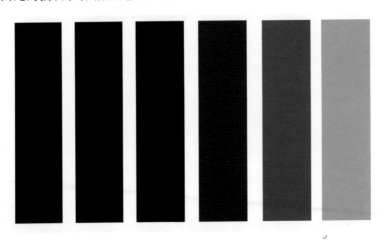

图1-12　有彩色

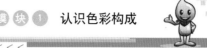

下面介绍一下所谓的"三原色"。我们所说的"三原色"，通常指以下两种提法。

① 色光三原色：红、绿、蓝。这三种光以相同的比例混合，且达到一定的强度，就呈现白色；若三种光的强度均为零，就是黑色。

② 颜料三原色：黄、青、洋红。主要用于印刷、油漆、绘画等。

此外，在美术上也把红、黄、蓝定义为色彩三原色。

1.6 色 立 体

随着科学技术的不断发展，人们认识到色彩是立体的三次元。美国的数学家梦亚于1745年构想了颜色图谱，做出了最早的色地球。在此之后，又相继产生了各种各样的色立体。

究竟什么是色立体呢？所谓色立体，是指把色彩的三要素配置在一个三维空间的立体柱上，中心的轴柱表示明度，四周表示色相。纵向看，越是接近柱顶，周围色相的明度越高（亮）；越是接近柱底，周围色相的明度越低（暗）。横向看，越是远离轴柱的色相，纯度越高；越是靠近轴柱的色相，纯度越低。最初的色立体是由德国科学家朱琴发明的(图1-13)。

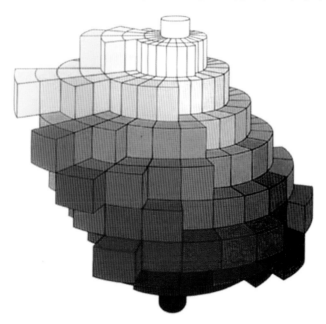

图1-13 色立体

现在有三种色立体的标示法：美国的孟赛尔色立体、德国的奥斯特瓦尔德色立体、日本色彩研究会色立体。最为广泛应用的是孟赛尔色立体。

1.6.1 孟赛尔色立体

孟赛尔色立体是由色相、明度、纯度三个属性构成的。明度是从白到黑中间排列9个等级明度渐变的灰色，黑色在下为0级，白色在上为10级，共11级（图1-14）。

纯度以无彩色为0开始依次排列。距离中心轴越远，纯度越高；距离中心轴越近，纯度越低。

>>>>>>>>

环绕在明度柱周围的色彩，以红、黄、绿、蓝、紫为基础色，再把每个色相展开10个渐变的色相，共有100个不同的色相，环绕成一个球状体。

孟赛尔色立体的标色法是：色相缩写为 H，明度缩写为 V，纯度缩写为 C。N 即无彩色，W 表示理论上的纯白，B 表示理论上的纯黑。几个主要色相是：R－红，Y－黄，G－绿，P－紫，YR－黄橙，GY－黄绿，BP－橙紫，RP－红紫（图1-15）。

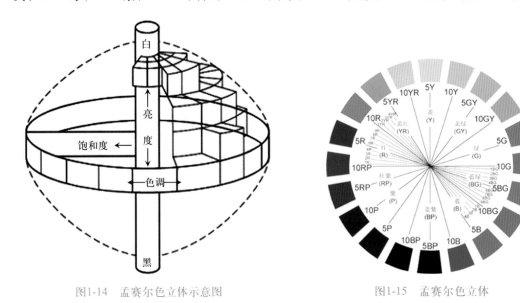

图1-14   孟赛尔色立体示意图   图1-15   孟赛尔色立体

孟赛尔（Munsell）色立体表示记号为 HV/C，即色相、明度 / 纯度。例如，我们见到进口的标准绘画，颜料上面标有"Munsell5R5/8"，表示第 5 号绿色，明度为 5，纯度为 8。

1.6.2   奥斯特瓦尔德色立体

奥斯特瓦尔德是德国著名的物理学家、化学家、诺贝尔化学奖获得者。他于 1921 年出版了《奥斯特瓦尔德色谱》，成为现在国际上通用的色彩体系。奥斯特瓦尔德色立体也称奥氏色立体，创立于 1920 年。他把中心明度轴分为 8 个阶梯，从顶端的白色到底部的黑色，分别用字母表示，每个字母均表示色相的含白量和含黑量，如图 1-16 所示。在表 1-1 中，a 含白量最高，含黑量最低；p 含黑量最高，含白量最低。

表 1-1   黑量和白量不同数值的表示

记号	a	c	e	g	i	l	n	p
白量	89	56	35	22	14	8.9	5.6	3.5
黑量	11	44	65	78	86	91.9	94.4	96.5

用中心轴的直线做一个等边三角形，外侧的顶端为全色，将每条边分为 8 等份，并作平行的连接线，这样就构成了 28 个菱形色区，并由此可以计算出色彩纯度的量。奥氏色相由 24 个色相组成，按光谱色作逆时针方向排列，却是按顺序时针编号标定色相。色相环直径两端的色为补色。以黄（Y）、橙（O）、红（R）、紫（P）、蓝紫（UB）、蓝（T）、

绿（SG）、黄绿（LG）为 8 个基本色相，基本色相又分为 3 等份，按照顺时针方向分别以 1、2、3 排列，其中 2 代表色相的正色。在奥氏色立体三角形中，由 A 到 PA 的连线上各色的含黑量相等，在 P 与 PA 的连线上各色的含白量相等；在同一色域的不同色相，其含白量、含黑量及纯度的量相等（图 1-17）。

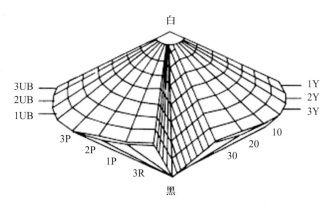

图1-16 奥斯特瓦尔德色系的颜色立体

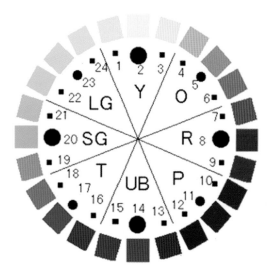

图1-17 奥斯特瓦尔德色相环

1.6.3 日本色彩研究会色立体

日本色彩研究体系是日本色彩研究所制定的色立体体系。色相是以红、橙、黄、绿、蓝、紫 6 个主要色相为基础，并调成 24 个主要色相，标以从红开始的序号，明度以黑为 10，白为 20。其间分 9 个阶段的灰色，纯度与孟塞尔体系相似（图 1-18）。

图 1-19 中记号 1 为红，2 为黄味的红，3 是橙红，4 是橙，5 是黄味橙，6 是黄橙，7 是红味橙，8 是黄，9 是绿黄，10 是黄绿，11 是黄味绿，12 是绿，13 是蓝味的绿，14 是蓝绿，15 是绿味蓝，16 是蓝，17 是紫味蓝，18 是蓝绿，19 是蓝味的紫，20 是蓝紫，21 是紫，22 是红味的紫，23 是红紫，24 是紫味的红。此色相环又叫等差色环，因为它比较侧重色相差的感觉。

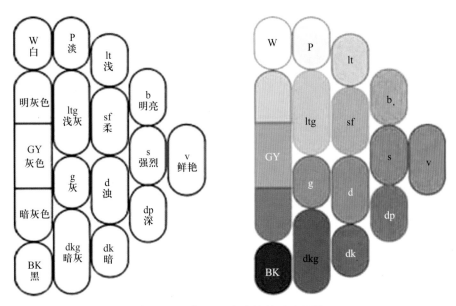

图1-18　日本PCCS色立体断面示意图

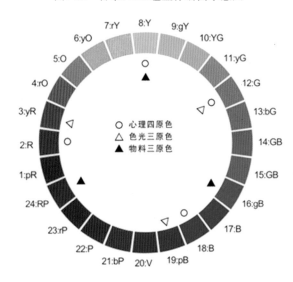

图 1-19　日本PCCS色相环

实　训　题

空间混合构成作品一幅（16 cm × 16 cm）。

操作方法：

（1）选一张你自己喜欢的风景、静物、肖像、人体的摄影照片，或者印刷效果非常好的图片资料。如果画面内容太多太复杂，也可以只选取某一个局部。

（2）用铅笔把形象勾勒在框架内。

（3）将框架空间等分0.5 cm×0.5 cm的1296个网格单位成网格状，并套叠（重叠）在已画好的铅笔线条的底稿上面。

（4）看一下原先勾勒形象时画的线——靠近每个小网格的那条边，然后就把它归纳到那条边去，同时擦掉已作废的曲线。

（5）如果形象的个别部位过于细小而又不便删除，比如人的眼睛部位，可以将它所占的小网格再分成两个或四个小的网格单位，这时再归纳线条就比较容易。但绝不能为了突出形象而保留曲线或生硬地乱添加斜线。

（6）为了更好地控制整个画面的色调，可用淡彩铺画面，等淡彩完全干透以后，再一个个地填充每一个小网格中的色块。当然，对于基础好的读者，也可以不用先画淡彩，由局部到整体可以一次性完成。

模块 2 色彩的心理知觉

色彩对人的头脑和精神的影响力是客观存在的。色彩的知觉力、色彩的辨别力、色彩的象征力及感情，这些都是色彩心理学上的重要问题。本模块我们着重研究色彩的感觉、色彩的心理效应。

2.1 色彩的心理效应

色彩本身没有情感，但色彩可以表达出情感。这是发生在人与色彩之间的感应效果，是由色彩客观属性刺激人的知觉而产生的。色彩的心理效应分为两种：一种是色彩直接的心理效应；另一种是色彩间接的心理效应。

2.1.1 色彩的直接心理效应

色彩的直接心理效应来自色彩的物理光刺激，使人产生生理变化，导致直接的心理体验。如高明度色刺眼，使人心慌；红色夺目、鲜艳，使人兴奋。心理学家们通过许多实验发现，颜色能影响脑电波。脑电波对红色反应是警觉，在所有的颜色中，红色最能加速脉搏的跳动，长期接触红色，会感到身心受压，出现焦躁感，使人疲劳，甚至出现精疲力竭的感觉。对蓝色的反应是放松。绿色有助于静心，促进身体平衡，对好动者和身心受压抑者极有裨益，自然的绿色还有助于克服晕厥疲劳和消极情绪。色彩对人体及人们情绪的影响是惊人的，这里给大家说两个真实的案例。在英国伦敦，过去常常有人在一座黑色的伯列费尔桥上跳河自杀，自从用蓝色刷过桥之后，跳河自杀的人减少了一半。在美国加州，一座监狱的看守长曾为犯人寻衅闹事而苦恼。有一次他偶然把一伙狂暴的犯人换到一间浅绿色的牢房中，出现了奇迹的一幕：原来暴跳如雷的犯人，就好像服用了镇静剂一样渐渐平静下来。经由此事启发，看守长将囚室全部漆成绿色，犯人闹事的情况随之减少。现在，蓝色和绿色能使人感到幽静、安详——这一心理效应已获得世人的共识，由此拥有了"心理镇静剂"的美誉，并在实际生活中得到广泛的应用。

2.1.2 色彩的间接心理效应

色彩的间接心理效应是指人对于颜色的物质性印象。色彩之所以能产生复杂的心理效应，是因为色彩的视觉感与人的大脑中平时经验的记忆产生了同构关系，从而使色彩变成一种抽象的概念，存储在大脑之中。

冷色与暖色是依据心理错觉而对色彩进行的物理性分类。对于颜色的物质性印象，大致由冷暖两个色系产生，如图2-1和图2-2所示。

色彩的冷暖感觉经常是由生活经验所获得。如：火是红色的，所以红色给人热烈、喜庆的感觉；海洋是蓝色的，所以蓝色给人清凉的感觉。在冷食或冷的饮料包装上使用冷色，视觉上会引起你对这些食物冰冷的感觉，如图2-3所示。冬日，把卧室的窗帘换成暖色，就会增加室内的暖和感。这些冷暖的感觉，并非来自物理上的真实温度，而是与我们的视觉与心理联想有关，如图2-4～图2-6所示。

图2-1　冷暖对比

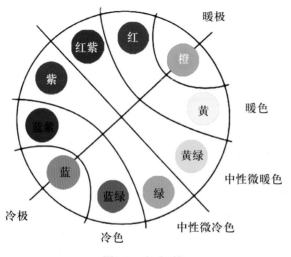

图2-2　冷暖两极

图2-3　冰糕

图2-4　色彩的冷暖（1）

图2-5　色彩的冷暖（2）

图2-6　色彩的冷暖（3）

一般来说，波长长的红光和橙色光、黄色光，本身有暖和感，以次光照射到任何色上都会有暖和感。相反，波长短的紫色光、蓝色光、绿色光，有寒冷的感觉。夏日，我们关掉室内的白炽灯，打开日光灯，就会有一种变凉爽的感觉。如图2-7所示为白炽灯的照射效果。

图2-7　白炽灯的照射效果

　　冷色与暖色除了给我们温度上的不同感觉以外，还会带来其他的一些感受，例如重量感、湿度感等。比方说，暖色偏重，冷色偏轻；暖色有密度强的感觉，冷色有稀薄的感觉；冷色的透明感更强，暖色则透明感较弱；冷色显得湿润，暖色显得干燥；冷色有很远的感觉，暖色则有迫近感。在狭窄的空间中，若想使它变得宽敞，应该使用明亮的冷色调。由于暖色有前进感，冷色有后退感，可在细长的空间中的两壁涂以暖色，近处的两壁涂以冷色，空间就会从心理上感到更接近方形。

　　除了冷暖色系具有明显的心理区别以外，色彩的明度与纯度也会引起人们对色彩物理印象的错觉。明度与纯度高的如红、橙、黄，通常会使我们兴奋、愉快，有积极的倾向；而蓝、蓝绿、深褐、黑这些明度与纯度低的颜色会使我们有阴暗、恐惧、害怕等消极的感觉；色彩的中间色，例如绿、紫、灰，则具有折中的特性，比较中性，温和。

　　如图2-8～图2-13为不同色彩所体现出的冷暖色效果。

　　此外，色彩的明度也会对颜色的重量感有很大影响。暗色给人以重的感觉，明色给人以轻的感觉。纯度与明度的变化还能给人以色彩软硬的印象，如淡的亮色使人觉得柔软，暗的纯色则有强硬的感觉，如图2-14和图2-15所示。

图2-8　色彩感觉（1）

图2-9　色彩感觉（2）

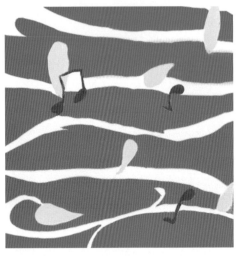

图2-10　色彩感觉（3）

图2-11　色彩感觉（4）

图2-12　色彩感觉（5）

图2-13　色彩感觉（6）

图2-14　色彩的重量感（1）

图2-15　色彩的重量感（2）

2.2　色彩的情感效应

　　色彩本身并没有情感，但人们却能够感受到色彩的情感，是因为人们在长期认识、运用色彩的过程中，积累了很多经验并形成了习惯。人们对于色彩的心理情感是存在明显差异的。由于年龄、民族、风俗、生活方式等方面的不同，人们的色彩审美意识和色彩审美感受也不尽相同。如，中国香港人不喜欢黑、白，喜欢鲜艳的红、黄等色彩；日本人喜爱红、白、蓝，禁忌黑白相间色。儿童大多喜欢鲜艳的颜色；年轻的女性大多喜欢粉红、白、绿、黄、黑；随着年龄的增长，人们的色彩喜好逐渐向复色过渡，会比较喜欢感觉相对成熟和柔和些的色彩。如图2-16所示为儿童画作品，颜色比较鲜艳。

图2-16　儿童画

色彩与人的情绪有联系，一旦色彩刺激与视觉经验相互呼应，人的视觉经验和对环境色彩的体验就会不知不觉地融进主观情感，色彩就拥有了人的情感。设计者如果能理解和熟悉色彩的表情，并在实践中合理、自如地运用，就能满足人们精神生活的要求，达到沟通人与物的关系、传递信息、影响人们心理、表达感情、享受生活等功能。

虽然色彩引起的复杂感情是因人而异的，但由于人类生理构造和生活环境等方面存在着共性，因此对大多数人来说，无论是单一色或者是几色的混合色，在色彩的心理情感方面也存在着相同点。表达不同意义的一些常见色可归纳如下。

- 红色：热情、喜庆、警示。
- 黄色：温暖、丰收、危险。
- 蓝色：深沉、抑郁、广阔。
- 绿色：生机勃勃、自然、放松。
- 白色：纯净、明亮、洁癖。
- 黑色：黑夜、神秘、寂寞。

2.2.1　色彩联想

人们经过色彩情感的刺激就会产生联想。联想是人脑的一种逻辑性与形象性的相互作用，带有情绪性。

1. 色彩联想的类型

不同的色彩，能给人们带来不同的感受，产生不同的情感联想。无论有彩色的色系还是无彩色的色系，都有自己的表情特征。色彩的联想可分为具象和抽象两大类。色彩的具体联想，是通过某种色彩而联想到自然环境里具体的相关事物。色彩的抽象联想，是视觉作用于色彩引起的概念联想。如：同样是红色，我们既可以联想到具体的事物——太阳、火焰、红旗、鲜花等，也可以产生抽象的联想——革命、激昂、热情等。看到某种色彩后，一般来说，儿童多是进行具象联想，成年人较多进行抽象联想。

2. 冷暖色彩的联想

冷暖色彩给人的心理情感上带来的变化是很丰富的。客观地讲，色彩本身并无冷暖的温度变化，引起冷暖变化的原因，是人的视觉对色彩冷暖感觉引起的心理联想。

(1) 暖色。人们见到红色、橙色、黄色、红紫色、橘红色等颜色后，马上会联想到火焰、太阳、炉子、热血等物象，会感觉到温暖、热烈等。儿童网站采用暖色调会给人一种可爱、温馨的感觉。如图 3-17 和图 3-18 所示为暖色系作品。

(2) 冷色。人们见到草绿、蓝绿、天蓝、深蓝等颜色后，很容易联想到草地、天空、冰雪、海洋等物象，会产生广阔、寒冷、理智、平静等感觉。蓝色或绿色是大自然赋予人类的最佳心理镇静剂，人们都有这样的体会，当心情烦躁时，到公园或海边看看，心情会很快恢复平静，这是绿色或蓝色对心理调节的结果。如图 2-19 和图 2-20 所示为冷色系作品。

3. 季节与色彩

黄绿色是强调春天特征的色，因为它能让人联想到植物的发芽。黄色是最接近于阳光的色，也是迎春花、油菜花的色。白色的玉兰花，粉红、淡紫色的桃花、杏花、牡丹花和各种明亮的粉彩色，都含有表现春天自然色的特征与客观性。春天的空气有云霞、有水分，映入眼帘的多是经过空气层的明调中间色，色彩多含有粉质。如图 2-21 和图 2-22 所示为表现春天的作品和景色。

图2-17　暖色（1）

图2-18　暖色（2）

图2-19　冷色（1）

图2-20　冷色（2）

　　夏天的阳光灿烂、强烈，一切充满了生机和力量。此时的自然界，无论是形状还是色彩都是最豪华的，色彩间多为高彩度的色相对比，再辅以明度的长调对比、补色对比来突出自然的秩序，光线与阴影的强烈对比是夏天的特征。如图 2-23 所示为夏天的景物。

　　秋天的空气清澈而透明，是收获的季节。色彩多为柿子色、橘子色、苹果色、梨色、山里红色、葡萄色等。秋天除常绿树木仍为绿色外，其他树木都变成红色、橙色、黄色和彩度低的棕褐色。落叶后的树木将收获色强烈地映衬在清澄的（暖蓝色）秋天背景中，辉耀而又和谐，饱满而又丰富。如图 2-24 所示为秋天的景色。

图2-21　春天（1）

图2-22　春天（2）

图2-23　夏天

图2-24　秋天

　　受雪与冰所支配的冬季自然界，非常消极，色味少，到处布满灰色。但冬天里的梅花、水仙花、兰花、雪松、冰花、树挂、枯枝等，也会使人们流连忘返，得到美的享受。透明而稀薄、略带蓝味或灰味的色彩是冬季（主要指北方）色彩的特征。如图 2-25 所示为冬天的雪景。

图2-25　冬天

　　如图 2-26 所示为表现一年四季不同景致效果的作品。

2.2.2　色彩的性格与象征

　　色彩是一种物理现象，它本身并不具备情感、性格，人们能感受到的色彩性格，是因为人们对生活经验积累的结果。色彩的象征，也并非人们主观臆造的，抽象地说某种颜色象征什么也不确切，象征往往是跟联想有关，它是人们长期感受、认识和运用色彩过程中经过总结而形成的一种观念、一种共识。

图2-26　春夏秋冬（学生习作）

在我国古代，黄色是最高贵的色彩，是帝王的专用色。皇帝穿的龙袍、用的家具等都是黄色，别人穿、用了会被视为逆反。在古代欧洲，紫色具有高贵的权力象征意义。由于当时紫色染料的制造成本非常高，工艺复杂，用紫色制作一件华丽长袍需要很长时间，所以只有国王、王后等人才能穿，在那个时代，紫色也成了权力的象征色，若是平常百姓穿紫色，会被处以死刑。这些都是因为传统文化而具有的色彩象征意义。如图2-27所示为宫廷瓷器的色彩。

对于某一件具体的作品而言，色彩除了完成美化作品的任务之外，很重要的一点就是用色彩表达作品的含义和作者的情感。不同的色彩具有不同的性格，能给人不同的心理影响，进而让人产生不同的心理感受。

1. 红色

红色是热烈、冲动的色彩，有积极向上、活力、奔放、健康的性格，易使人兴奋、情绪高涨。当红色加白色变为粉红色时，它代表温柔、梦想、幸福和含蓄。

红色能使人联想到太阳、燃烧的火焰或热血，

图2-27　宫廷瓷器

著名革命小说《红岩》、《红色娘子军》均以红色作为象征。在我国，传统的婚礼要贴大红喜字（图2-28）、挂红灯笼、贴红对联、穿红棉袄、坐红花轿等，以示喜庆。中国传统还多用红色表示女子，如"红装"、"红颜"、"红楼"、"红袖"、"红杏"等。当然红色同时也象征警告、罪恶、危险等，如红灯、球场红牌等。

红色象征着：革命、积极、勇敢、热情、吉祥、危险、喜庆等。

2. 橙色

橙色是色彩中最醒目、最温暖，且具有快乐、活跃性格的光辉色彩。橙色是丰收之色，使人联想到硕果累累的金秋景象，使人有充实、饱满和成熟的感觉（图2-29）。

橙色与蓝色的搭配组合，构成了最亮丽、最生动活泼的调子，给人以心情舒畅、快乐的感觉。

图2-28　喜字

橙色象征着：收获、生动、健康、明快、快乐、力量、成熟、明亮、饱满、华丽、甜美、兴奋。

图2-29　成熟的稻田

3. 黄色

黄色是最为光亮的色彩，在有彩色的纯色中明度最高，给人以光明、速度、活泼、轻快的感觉。它的明度高，比较温和。

在中国封建社会里，黄色被规定为帝王的专用色，如龙袍（如图2-30所示）、龙椅、宫廷的建筑等。另外，因为金子是黄色的，价值珍贵，所以黄色有时也被视为高贵。

图2-30　龙袍

黄色象征着：光明、希望、明亮、灿烂、愉快、权力、威严、财富、骄傲、高贵。

4. 绿色

绿色是自然界植物的色彩，是自然界最为宁静的色彩。绿色，它令人想起翠绿的森林、绿色的草坪和绿油油的麦浪……绿色被视为春天、希望、生命、成长的象征，它有着年青一代朝气蓬勃和旺盛的生命力。

绿色在世界范围内是公认的"和平色"、"生命色"。《圣经·创世记》里有一个故事："鸽子抵达陆地后，嘴衔绿色的橄榄枝向主人通报平安的到来。"从此，鸽子、绿色的橄榄枝就成了和平的象征。据说现代的邮政色彩就是由这个典故而来的。康定斯基认为，"绿色具有一种人间的自我满足和宁静，它宁静、庄重、超乎自然"。如图2-31所示。

图2-31　绿色

绿色象征着：生命、和平、成长、希望、春天、安全、青春、茂盛、生气等。

5. 蓝色

蓝色在色相中最冷，与橙色形成鲜明的对比，表现出冷静、理智与消沉。蓝色使人联想到宽阔的海洋和蔚蓝旷远的天空，在心情烦躁不安时，蓝色能使人变得心胸开阔、博大、理智，如图2-32所示。

在我国古代，贫民的服装多为青蓝色，表示朴素，而文人服装用蓝色表示清高。我国传统的青花陶瓷中的青蓝色则表现出中国人沉稳内敛的民族性格。在现代，蓝色又是永恒的象征，是前卫、科技与智慧的象征。

图2-32　蓝色

蓝色象征着：永恒、稳重、冷静、理性、博大、深远、朴素等。

6. 紫色

紫色光在可见光谱中波长最短，由于它的明度低，眼睛对它的分辨率弱，容易引起视觉疲劳。康定斯基说，"紫色是一种冷红，无论从它的物理性还是从它造成的精神状态上看，紫色都包含着虚弱和消极因素"。但因紫色获取不易，因此在古代欧洲，紫色是皇室的专用色。

淡紫色的组合能体现女性温柔、优雅、浪漫的情调，不同层次、不同倾向的淡紫色都显得柔美动人，如图 2-33 所示。

图2-33　紫色

>>>>>>>>>>

紫色象征着：优雅、高贵、华丽、哀愁、梦幻、幽婉、神秘等。

7. 白色

白色是由所有色光混合而成的，被称为全色光，有着明亮、纯洁的意象。由于白色反射所有色光，也反射热能，因此使人感到凉爽、轻盈、舒适。

同是白色，中国的传统习俗与西方不同。中国把白色当做哀悼的颜色，如白色的孝服、白花、白挽联，以白色表示对死者的缅怀、哀悼和尊重；而在西方国家却不一样，婚纱等多会选用白色（图2-34），代表着婚姻的纯洁。另外医院也多会使用白色，以显示干净、整洁。

白色象征着：纯洁、神圣、清洁、高尚、光明、明亮、无邪、单纯等。

图2-34　婚纱

8. 黑色

黑色是完全不反射光线的色彩，它吸收所有的色光，是最暗的色。黑色是消极色，自古以来就让人联想到绝望或死亡，有着悲哀的感觉，因此国外办丧事用黑色。康定斯基说："黑色意味着空无，像太阳的毁灭，像永恒的沉默，没有未来，失去希望。"

而事实上，黑色也能表现出一种刚毅、力量和勇敢的精神，具有男性的坚实、刚强、威力的性格意象，它能把其他色彩衬托得鲜艳、热情、奔放，自己也不显单调。又由于其庄重、严肃的特性，很多正式场合，男性只能穿着黑色西装、黑色皮鞋。

但若是大面积地使用黑色，会让人觉得阴沉、恐惧、不安。

黑色象征着：死亡、永久、庄重、肃穆、阴森、坚实、刚强等，如图2-35所示。

9. 灰色

灰色居于黑、白中间，属于无彩色。灰色是中性的，缺乏明显的个性，适合与任何色彩相搭配。

浅灰色的性格类似白色，有高雅、精致、明快的感觉；深灰色的性格类似黑色，有着沉稳、内敛、厚重的感觉；纯净的中灰色朴素、稳定而雅致。当灰色与鲜艳的暖色相配时，立刻显示出它冷静的性格；当灰色与较纯的冷色相配时，则会显示出温和的暖灰色。

灰色象征着：朴素、稳重、谦逊、平和、内涵、沉默等，如图2-36所示。

图2-35 黑色

图2-36 灰色

实 训 题

作业一：色彩的直接心理效应（任选一题）。

（1）用色彩表现春、夏、秋、冬四季，如图2-37～图2-39所示。

（2）用色彩表现味觉的酸、甜、苦、辣。

（3）用色彩表现与味觉相关的烈酒、果汁、矿泉水、咖啡。

作品大小：24 cm×24 cm，1张（11.8 cm×11.8 cm，4张，间距0.4 cm）。

作业二：色彩的间接心理效应。

（1）用色彩表现喜、怒、哀、乐（如图2-40～图2-44）。

（2）用色彩表现幼儿、少年、青年、老年。

（3）用色彩表现轻音乐、古典音乐、流行音乐、摇滚音乐（如图2-38）。

作品大小：24 cm×24 cm，1张（11.8 cm×11.8 cm，4张，间距0.4 cm）。

注意：避免用太具象的景物（事物）作引导。也就是说用抽象的形式来表达色彩的心理效应。

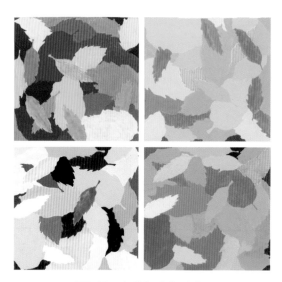

图2-37　色彩与季节（1）

图2-38　色彩与季节（2）　　　　　　图2-39　色彩与季节（3）

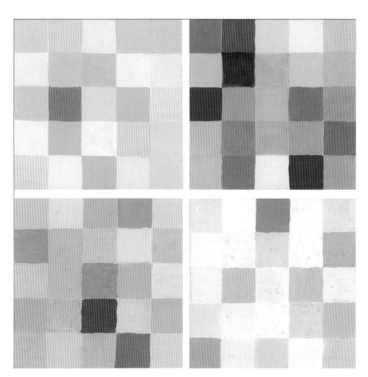

图2-40　色彩心理（1）

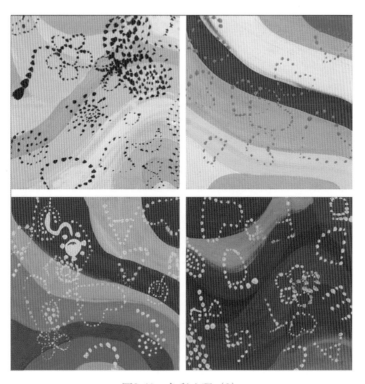

图2-41　色彩心理（2）

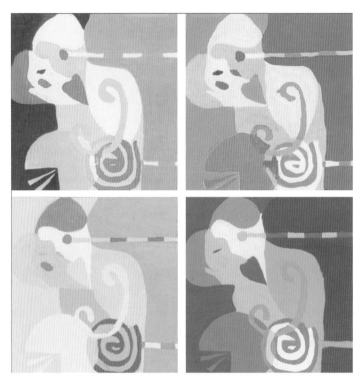

图2-42　色彩心理（3）

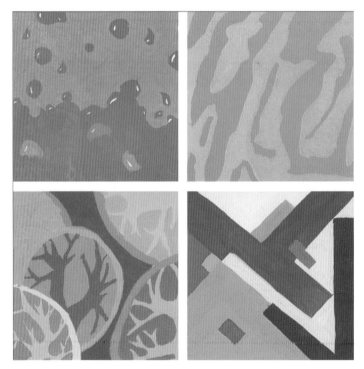

图2-43　色彩心理（4）

图2-44 色彩与音乐

模块3 色彩对比构成训练

所谓"色彩对比"，就是指不同色彩在同一空间位置中，相互间是存在明显差别的。这种差别，由于各自的色质不同而显得更为突出。这种色彩关系，称为色彩对比，差别越大，对比越强。

色彩对比包括色相对比、纯度对比、明度对比、面积对比等。

色相，是色彩的首要特征，是区别各种不同色彩的最准确的标准。纯度，通常是指色彩的鲜艳度。明度是指色彩的明亮程度。这三点统称为"色彩三要素"。

3.1 色相对比

因色相的差别而形成的色彩对比叫色相对比。色相对比的强弱，决定于色相在色相环上的距离。色相距离在15°以内的对比，一般看做是用色相的不同明度与纯度进行对比，因为距离15°的色相属于模糊的、较难区分的色相。如图3-1所示为色相环。

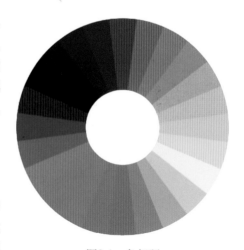

图3-1 色相环

3.1.1 色相对比的基本类型

1. 无彩色对比

黑与白、黑与灰、中灰与浅灰，或黑与白与灰、黑与深灰与浅灰等这些都被称为无彩色对比（图3-2）。它们虽然不存在色相，但其组合所体现出来的庄重、大方及现代高雅非常实用。

图3-2　无彩色对比

2. 无彩色与有彩色对比

无彩色与有彩色对比通常有两种情况，一种情况是无彩色面积大于有彩色面积，这样的对比显得高雅、庄重；另一种情况是有彩色面积大于无彩色面积，这样的对比则显得活泼生动。如图 3-3 和图 3-4 所示。

图3-3　无彩色与有彩色对比（1）

图3-4　无彩色与有彩色对比（2）

3. 同种色相对比

同种色相对比是指不同明度或者纯度的颜色对比（如图 3-5 所示）。其对比效果含蓄、稳重，凸显文静、雅致，但也有易产生呆板之感的弊端。

图3-5　同种色相对比

4. 无彩色与同种色对比

无彩色与同种色对比是指无彩色与不同明度或者纯度的颜色间形成的对比，所产生的效果集无彩色与有彩色对比、同种色相对比的优点，并更显大方、活泼、有层次，如图 3-6 ～图 3-8 所示。

图3-6 无彩色与同种色对比（1）

图3-7 无彩色与同种色对比（2）

>>>>>>>>>

图3-8 无彩色与同种色对比 (3)

3.1.2 调和对比

1. 邻近色相对比

色相距离在 15°以上、45°以下的对比，称为邻近色相对比。

邻近色相对比属于弱对比类型。色相环上每相邻的 2 ~ 3 个颜色之间都能形成邻近色相的对比。其产生的对比效果文静、雅致，给人以柔和、和谐的感觉。此外，还需要调节色相间的明度差来加强效果，否则容易产生单调、模糊、乏味的感觉。

如图 3-9 和图 3-10 所示为邻近色相对比效果。

2. 类似色相对比

类似色相对比属于较弱对比类型，如图 3-11 所示，其效果比较活泼、丰富，但又会失去雅致、统一的感觉。类似色相对比距离在 60°左右。

3. 中差色相对比

中差色相对比属于中对比类型，其对比效

图3-9 邻近色相对比 (1)

果活泼明快，既有力度，又不失调和之感，能让人兴奋，提高兴趣，如图3-12所示。

图3-10 邻近色相对比（2）

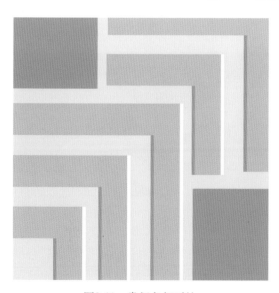

图3-11 类似色相对比

图3-12 中差色相对比

3.1.3 强烈对比

1. 对比色相对比

色相距离在120°左右的对比，一般称为对比色相对比。

对比色相对比属于强对比类型，采用多种调和手段来实现。其效果醒目、活泼丰富，也不容易造成杂乱刺激及视觉疲劳。如图3-13和图3-14所示。

>>>>>>>>>

图3-13　对比色相对比（1）

图3-14　对比色相对比（2）

2．补色对比

补色对比属于极端对比类型。其对比效果强烈有力，如果处理不当则会有粗俗、不安定、不协调的不良感觉。色相对比距离为180°。如图3-15和图3-16所示为补色对比作品。

图3-15　补色对比（1）

图3-16　补色对比（2）

3.2　纯度对比

两种以上色彩组合后，由于纯度不同而形成的色彩对比效果称为纯度对比。纯度对比既可以体现在单一色相中不同纯度的对比中，也可以体现在不同色相的对比中。

纯度对比又分为纯度弱对比、纯度中对比和纯度强对比，如图 3-17 ～图 3-19 所示。

图3-17　纯度弱对比

图3-18　纯度中对比

图3-19　纯度强对比

　　纯度弱对比的画面不适合长时间或近距离观看，其视觉效果及清晰度都比较差；纯度强对比的画面清晰，对比明朗，清的更清，浊的更浊；而纯度中对比最为和谐，各种效果都是最佳。

　　色彩的纯度强弱，是指色相感觉明确或含糊、鲜艳或混浊的程度。高纯度色相加白或黑，可以提高或减弱其明度，但都会降低它们的纯度。黑色、白色与一种饱和色相对比，既包含明度对比，也包含纯度对比，是一种非常醒目的色彩搭配。

>>>>>>>>

在纯度调整中，只要它的纯度稍稍降低，不管何种鲜明的色，其相貌与品格都会发生改变；而在纯度的对比中，一种很鲜艳的颜色，和更鲜艳的颜色对比时，看上去也会不如原来那样鲜明了。

3.3 明度对比

明度对比是色彩的明暗程度的对比，也称色彩的黑白度对比。在明度对比中，可以是同一种色相的明暗对比，也可以是多种色相的明暗对比。人眼对明度的对比最敏感，明度对比对视觉影响力也最大、最基本。

不同色彩间明度差的大小决定着明度对比的强弱。以黑、白、灰系列的 9 个明度阶梯为基本标准，可进行明暗对比强弱的划分，如图 3-20 所示。

在明度对比中，如果其中面积最大、作用也最强的色彩或色组属高调色，同时又存在着强明度差，这样的明度基调可以称为高长调；依此类推，如果画面主要的色彩属中调色，色的对比属短调，那么整组对比就称为中短调。

按这种方法，大致可划分为十种明度调子：高长调、高中调、高短调、中长调、中中调、中短调、低长调、低中调、低短调、最长调。前面的九种又称为明度九调，其中的第一个字都代表着如图 3-21 所示画面中主要的色或色组。

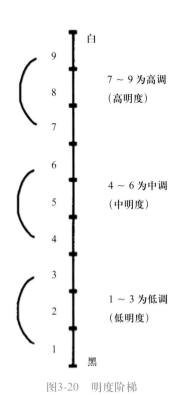

图3-20　明度阶梯

（1）高长调：反差大、对比强，色彩效果明亮，形象的清晰度高，有积极活泼、刺激明快之感。

（2）高中调：以高调色为主的中强度对比，色彩效果明亮、欢快、明朗而又安稳。

（3）高短调：高调的弱对比效果，色彩效果极其明亮，形象分辨力差。其特点是优雅、轻柔、高贵、软弱，设计中常被用来作为女性色彩。

（4）中长调：中灰色调的明度强对比。如采用高调色和低调色进行对比。色彩效果充实、深刻、力度感强，有丰富、饱满的感觉，给人以强健的男性色彩效果。

（5）中中调：中间灰调的明度中对比。色彩效果饱满，有丰富含蓄的感觉。

（6）中短调：中间灰调的明度弱对比。色彩效果朦胧、含蓄、模糊、深奥，同时又显得平板，清晰度也极差。

（7）低长调：暗色调的明度强对比。色彩效果清晰、激烈，具有不安、深沉、压抑、苦闷的感觉。

（8）低中调：暗色调的明度中对比。色彩效果沉着、稳重、朴素雄厚、有力度，设计中常被认为是男性色调。

（9）低短调：暗色调的明度弱对比。色彩效果模糊、沉闷、阴暗，画面常显得神秘、迟钝、忧郁，使人有种透不过气的感觉。

如图 3-22 ～图 3-25 为明度九调对应的作品。

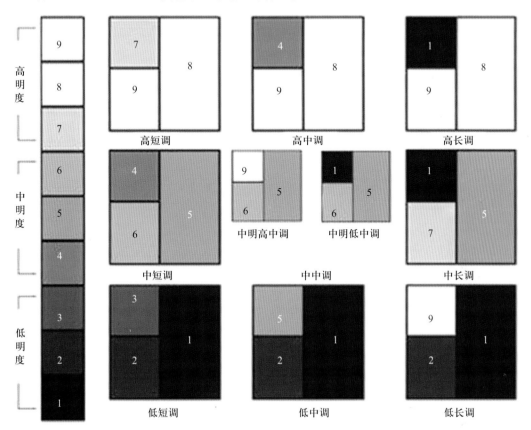

图3-21　明度九调的关系

图3-22　明度九调（1）　　　　　　　　　图3-23　明度九调（2）

图3-24　明度九调（3）

图3-25　明度九调（4）

3.4 冷暖对比

由冷热差别而形成的色彩对比称为冷暖对比。从色彩心理学上来讲，橘红的纯色定为最暖色，它在色立体的位置称为暖极（图3-26）；把天蓝的纯色定为最冷色，它在色立体的位置称为冷极。

如果根据冷暖关系把色立体划分为十几个阶段，那么，凡差别十个阶段以上的，称冷暖强对比；差别三个阶段以内的，称冷暖弱对比；其余呈中等程度的冷暖对比；两极色的对比称冷暖最强对比。

冷、暖色在运用上的心理感觉如下。

（1）在温度上

诸如太阳、火等温度很高的物体都会反射出红橙色的光，而大海、雪地等环境又都会反射蓝色的光，因此在人的心理作用下，红橙色总会感觉是热的，反之蓝色就会产生冷的感觉。所以，在冬天，把室内的日光灯换成白炽灯，就会有一种暖暖的感觉。如图3-26所示为暖色调的作品。

（2）在重量感、湿度感上

暖色偏重，冷色偏轻。暖色干燥，冷色湿润。如图3-27所示为冷、暖色调作品的对比效果。

（3）在空间感上

暖色有膨胀、扩张的感觉，而冷色则感觉收缩、后退，所以狭小的室内空间若使用冷色调，心理上就会感觉其变得宽敞。法国国旗的设计也是运用此原理，采用37：30：33的搭配，从而使其看起来宽度相同，如图3-28所示。

图3-26 暖色调

>>>>>>>>>

图3-27　冷、暖色调

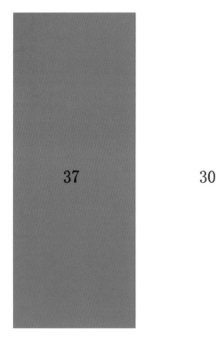

37　　　　　　　30　　　　　　　33

图3-28　法国国旗

3.5　面积对比

　　面积对比是指同一画面中，两个或更多色彩各自所占画面的比例。这是一种面积多与少、大与小之间的对比。

色面积的大小对色彩对比的影响力最大。如图3-29所示，四幅图中对比的两色均为对比色，对比双方的面积之和不变。A、D中，色面积较大的，会对另一种色面积较小的起到烘托或者融合的作用，对比效果是弱的。B、C中的两色面积相差不多，对比相对强烈。因此可以说：对比色彩双方的面积的大小相当的时候，互相之间会产生平衡，对比效果强，也称抗衡调和法；当面积大小悬殊时，则产生烘托、强调的效果，也称优势调和法。另外，同一色面积大的往往比面积小的感觉明亮，画出的点、线看起来也比面的明度低。

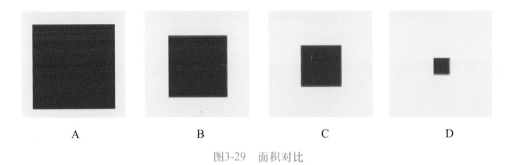

A   B   C   D

图3-29 面积对比

3.5.1 色面积与平衡

配色中怎样的色量才显得更美、更平衡呢？以纯色的色面积为例，纯色色彩的力量均衡取决于两种因素：明度和面积。

歌德根据颜色的光亮度规定了纯色明度的比值：

黄：橙：红：紫：蓝：绿＝9：8：6：3：4：6

为了保持色量的均衡，上述色彩的面积比应与明度比呈反比关系。如：黄色较紫色明度高3倍，为取得和谐色域，黄色只要有紫色面积的1/3即可。具体数量关系见表3-1。

表3-1 色量之间的关系

颜色 色量	黄	橙	红	紫	蓝	绿
明度	9	8	6	3	4	6
面积	3	4	6	9	8	6

从表中可以得出互补色的和谐相对色域的数比，如图3-30～图3-32所示。

图3-30 黄：紫=3：9=1：3=1/4：3/4

图3-31　橙：蓝=4：8=1：2=1/3：2/3

图3-32　红：绿=6：6=1：1=1/2：1/2

另外，原色和间色的其他和谐色域的数比如下。

黄：橙=3：4

黄：红=3：6

黄：蓝=3：8

黄：绿=3：6

红：橙=6：4

红：蓝=8：6

红：紫=6：9

蓝：绿=8：6

蓝：紫=8：9

橙：绿：紫=4：6：9

以上这些均衡的面积比仅仅针对纯色而言。若是改变了其中任何一色的彩度，那么平衡的面积比就会随之改变。纯色和谐的比例关系只能作为选色的基点，因为大量的配色效果并不只是考虑纯色的应用。

3.5.2　色面积的对比效果

任何配色效果如果离开了相互间的色面积比都将无法讨论，有时候对面积的考虑甚至比色彩的选用还显得重要。通常大面积的色彩设计多选用明度高、彩度低、对比弱的色彩，可给人带来明快、持久和谐的舒适感，如建筑、室内天花板等。中等面积的色彩多用中等程度的对比，如服装配色中，邻近色组及明度中调对比就用得较多，既能引起人们的视觉兴趣，又没有过分的刺激。小面积色彩常采用鲜色和明色以及强对比，如小商品、小标志等，目的是让人充分注意。

面积对比的效果还要考虑观察者的距离。近距离多半用优势调和法，如展览布置、室内设计等；远距离多用抗衡调和法，如广告等。

　　当采用了和谐比例配色的时候，面积对比就被中和，表现效果为稳定的、无变化的。假如打破这种平衡，就将出现一种赋予变化的、有生气的特殊色彩气氛。如图 3-33 ～图 3-35 所示为色面积对比。

图3-33　色面积对比（1）

图3-34　色面积对比（2）

图3-35　色面积对比（3）

3.5.3　色彩形状的构成

形状有其自身的"伦理美学"，有其表现价值。在一幅作品里，形状和色彩的这些表现特性是同时发生作用的，不同的形状能使色彩变得强烈或柔和、紧张或放松。也就是说，形状和色彩的表现力是相辅相成的。

下面介绍一下形状的聚散。

形状对色彩的影响主要体现在形的聚散方面，形状越集中，色彩效果越强；形状越分散，对比效果越弱。这是因为分散的形状分割了画面的底色，双方的面积都缩小并且分布均匀了，使对比向融合方面转化，若分割得很碎，则发生空间混合的效果。因此形的聚散是影响色彩对比的重要因素。现代设计注重视觉的冲击力，很多设计常常使用大面积的色块加强色彩表现力度。

3.5.4　色彩位置的构成

就视觉的位置而言，视点决定了视平线的高低，决定了作品的构图。从正常人眼的平视角度讲，视觉为中心，在有效的范围内中心点偏上一些，是视阈的中心。这个位置对人的生理来讲是视觉最稳定、最富有生机的，是视觉最活跃的区域。

1. 位置的确定

从设计构图的关系来看，一种颜色所处的位置会对视觉产生不同的效果，一种颜色放在左边会给人以紧凑感，同一种颜色放在右边则给人以分离感，这是由人的生理因素决定的，一般人对左边的色彩有被动感，对右边的色彩有活跃感。人们一般习惯从左看到右，从上看到下。如图 3-36 所示为不同位置的表现效果对比。

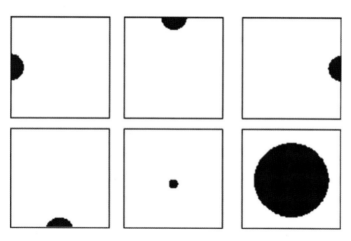

图3-36　不同位置的效果（1）

2. 位置的表现效果

两种不同的颜色，由于它们之间的远近不同，对比效果也不同。在色彩不变的前提下，位置的因素会使对比关系发生变化，近视对比感强烈，远视对比感弱。位置的作用不仅涉及色彩对比的关系，更重要的意义是从色彩的关系中得到解决色彩表现的方式。如图 3-37 和图 3-38 所示为不同位置的表现效果。

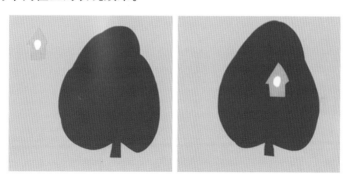

图3-37　不同位置的效果（2）

3. 色彩肌理的构成

肌理主要指的是物体表面的结构特征。由于材料表面的组织结构不同，吸收与反射光的能力也不同，因此能够影响表面的色彩。

一般来说，光滑的材料表面反光能力强，色彩不够稳定，有提高的现象；粗糙的表面反光能力弱，色彩稳定。表面粗糙到一定程度后，明度和纯度比实际有所降低。因此，同一种颜色，用在不同的材料上会产生不同的色彩效果。例如同样的黄色，分别印染在绸缎、棉布或毛呢上，就会明显看出它们的差异。如图 3-39～图 3-41 所示为各种肌理的表现效果。

肌理分为视觉肌理和触觉肌理。不同的视觉肌理可以引起人们不同的心理感受。绸缎、丝锦给人柔软、华贵感；呢料给人厚重的感觉；棉、麻给人纯朴、自然之感。在艺术创作上，应通过技法来实现肌理的效果，并加强肌理对比，以满足视觉和心理的需求。如图 3-42 所示为服装的肌理表现。

图3-38　不同位置的效果（3）

图3-39　肌理（1）

图3-40　肌理（2）

图3-41　肌理（3）

图3-42　肌理（4）

实 训 题

　　色面积对比练习，选用3～4种颜色，做聚散弱、中、强作品4张，规格为10 cm×10 cm。

模块 4　色彩调和构成训练

4.1　色彩调和的方法

　　"调和"有两种含义。一种是指有差别、有对比的，甚至相对立的事物，为了使它们能够成为和谐、统一的整体，需要对其进行重新调整、搭配和组合。另一种是指不同的事物组合在一起之后呈现出来的和谐、有秩序、有条理、有组织、有效率和多样统一的状态（或称多样统一）。

　　"色彩调和"也有两种含义。一种是指有差别的、完全不同的颜色，为了构成和谐统一的整体所进行调整与组合的过程。另一种则是指有明显差别的色彩或不同的对比色组合在一起后，不会显得生硬刺激，而会形成和谐、有美感的色彩关系，这个关系就体现在色彩的色相、明度、纯度之间的组合关系上。

　　色彩的调和是就色彩的对比而言的，没有对比也无所谓调和，两者既互相排斥又互相依存，相辅相成，相得益彰。也就是说，当两个或两个以上的色彩搭配组合时，为了达到共同的表现目的，使色彩关系组合调整成一种和谐、统一的画面效果，如图 4-1 所示。

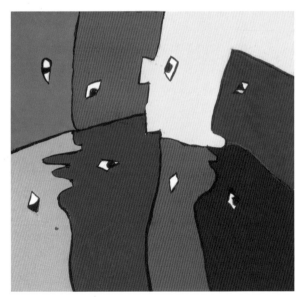

图4-1　色彩调和

　　色彩调和的方面有很多，下面从以下几个方面论述色彩调和。

4.1.1　同一调和

　　当两种或多种色彩相组合产生了非常强烈的对比时，在这两种或多种色彩里调入同一种颜色,从而增加各原色的同一元素,使得先前过于强烈对比的各种颜色在明度、纯度及色相方面得到缓和。在此期间,各原色增加的同一色彩元素越多,其间的缓和程度就越高。

同一调和主要包括:

● 同色相调和。

● 同明度调和。

● 同纯度调和。

● 非彩色调和。

非彩色调和指孟赛尔、奥斯瓦德色立体的中轴,即无纯度的黑、白、灰之间的调和。

最常见的同一调和方法有以下几种。

(1) 混入白色调和。在强烈刺激的色彩间混入白色,使明度提高,纯度降低,刺激力减弱。白色越多调和感越强,如图4-2所示。

图4-2 混入白色调和

(2) 混入黑色调和。在尖锐刺激的色彩间混入黑色,使明度、纯度降低,对比减弱。黑色越多,调和感越强。

(3) 混入同一灰色调和。在尖锐刺激的色彩间混入同一灰色,使明度向该灰色靠拢,纯度降低,色相感削弱。灰色越多,调和感越强,如图 4-3 所示。

(4) 混入同一原色调和。在尖锐刺激的色彩间混入同一原色(红、黄、蓝任选其一),使色相向混入的原色靠拢。混入的原色越多,调和感越强。

(5) 混入同一间色调和。混入同一间色调和实质是在强烈刺激色间混入两原色,在增强对比双方或多方的调和感方面与混入同一原色调和的作用一样。

(6) 互混调和。在强烈刺激的色彩间,在某一色里混入另一色。如红与绿对比强烈,视觉感过分刺激,把两色分别混入黄色,使"红+黄"发展成为橙色,"绿+黄"发展成

>>>>>>>>>

为黄绿色，这样对比强烈的色彩通过调和变得和谐统一。也可以双方互混，比如红色不变，在绿色中混入红色，使绿色也含有红色的成分，使之增加同一性。如图 4-4 所示为色彩调和的一种效果。

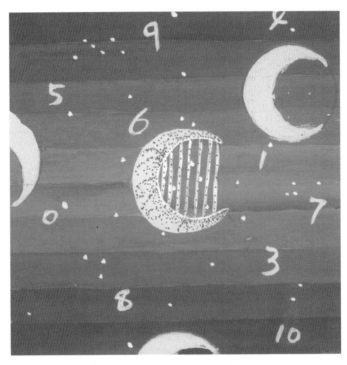

图4-3　混入同一灰色调和

图4-4　互混调和

（7）点缀同一色调和。所谓点缀色，即在画面所占的面积小而分散的色彩。在强烈刺激的色彩间，共同点缀同一色彩，或者双方互为点缀，或将某一方的色彩点缀进另一方，都能取得一定的调和感。点缀的色彩可以是无彩色黑、白、灰，也可以是有彩色，使对比强烈的色彩双方增加同一的因素，因而增加了对比强烈色彩的调和感，如图4-5和图4-6所示。

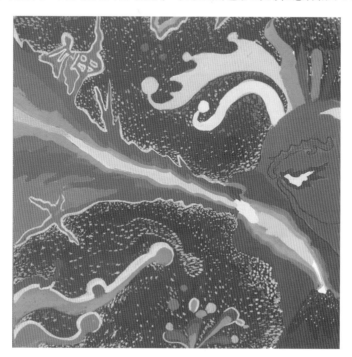

图4-5　点缀同一色调和（1）

图4-6　点缀同一色调和（2）

>>>>>>>>>

（8）连贯同一色调和。当对比的各种色彩过分强烈刺激，显得十分不调和，或色彩过分地含混不清时，为了使画面达到统一调和的色彩效果，用同一色线加以勾勒，使之既相互连贯又相互隔离而达到统一，如图4-7和图4-8所示。

图4-7　连贯同一色调和（1）

图4-8　连贯同一色调和（2）

4.1.2 类似调和

"类似"就是整幅图中的颜色都是一个色系的,差别很小,同一成分很多,双方很接近、很相似,比如各种深浅不同、明暗不同、冷暖不同的蓝色。调和就是让整个画面的颜色看起来很舒服、很柔和,不会感到刺眼、强烈。

"类似调和"则是选择性质与程度很接近的色彩组合(色相环处于30°～45°的位置),增加各对比色的同一元素,减小色彩间的差别,削弱或避免其对比感的一种色彩调和的方法。

类似调和包括以下几个部分。

(1)非彩色明度近似调和。指诸如黑、白、灰等非彩色系组成的色彩组合,其对色彩调和的效果最强。

(2)色相、彩度相同的明度近似调和。色相、彩度调和感强而变化又极为丰富,它们都影响着色调。

(3)色相、明度相同的彩度近似调和。用同种色相所组成的色彩组合色调都是调和的色调。这些组织的色调,会因色相的变化而变化。这也是调和感强、变化又相当丰富的调和色调。

(4)彩度、明度相同的色相近似调和。红、橙、黄、绿、青、蓝、紫等在色相环中是近似的色相。色相近似调和包含高、中、低色调的色相近似调和,以及鲜色调、含灰调和灰色调等许许多多的同彩度又同明度的色相近似调和。

(5)同一种色相的彩度与明度近似调和。其属于一种性质相同或两种性质接近的调和,这种调和还包括:彩度、明度相同与色相近似,同明度的色相与彩度近似等。

(6)色相、明度、彩度都近似的调和。这种调和方法是近似调和色调中效果最丰富、调和感最强的组色方法,如图4-9和图4-10所示。

图4-9 类似调和 (1)

>>>>>>>>>

图4-10　类似调和（2）

4.1.3　秩序调和

"秩序调和"即"渐变调和"，是指把一组色彩按明度、纯度、色相等分成渐变色阶，再重新组合成按一定顺序变化的调和方式，也称为"浓淡法"。

"秩序调和"是色立体中线上的色彩调和，有渐进变化色调的意思。把不同明度、纯度或色相的色彩组合起来，会形成渐变、有节奏和有韵律的画面效果，使原本强烈对比、刺激的色彩关系因此而变得调和；使过分刺激、杂乱无章的色彩变得柔和，并更有条理、有秩序。

美国色彩学家孟赛尔曾强调指出，"色彩间的关系与秩序"是构成调和的基础。因此，孟氏的色彩体系中，凡是在色立体上有规律的线条所组合出的色彩，都能构成秩序调和。

秩序调和包括以下几种。

（1）明度秩序调和。想要构成明度的渐变，可以在纯色上加白或黑，等级越多调和感越强，如图 4-11 ～图 4-15 所示。

（2）色相秩序调和。红、橙、黄、绿、蓝、紫所构成的色相秩序，无论高纯度、中纯度或者低纯度，都能获得以色相为主的秩序调和，如图 4-16 和图 4-17 所示。

（3）纯度秩序调和。包括色相、明度相同的纯度秩序调和，以及色相相同、明度不同的纯度秩序调和。即选一纯色再调一种与这个纯色明度相同或不同的灰色互混，同样可达到调和效果，如图 4-18 ～图 4-20 所示。

（4）补色、对比色秩序调和。如图 4-21 和图 4-22 所示。

4.1.4　面积调和

"面积调和"是色彩量的比例对比，是主要配合各色彩的色域大小所构成的均衡调和关系。其可将原本不调和的色彩经过面积关系的调整，变得调和、舒适。它与色彩的色相、明度、纯度三种性质无关，它不包含色彩本身性质的变化，而是通过颜色面积的增加或是减少，来实现调和的目的。比如人们常说的"红配绿，丑又丑"，而"万绿丛中一点红"则好看，这就是面积调和的一种变化效果，如图 4-23 所示。

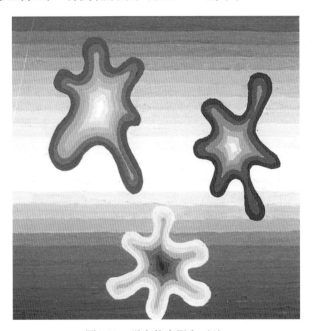

图4-11　明度秩序调和（1）

图4-12　明度秩序调和（2）

面积调和的过程，实际上是改变各个色素面积比例的过程，从而起到对色彩进行调和的作用。在一个艺术创作中，作品主面积色达到 75% 时，画面会构成以主面积为基础的主色调，可以达到调和的效果。

图4-13 明度秩序调和（3）

图4-14 明度秩序调和（4）

图4-15 明度秩序调和（5）

图4-16 色相秩序调和（1）

图4-17 色相秩序调和（2）

图4-18 纯度秩序调和（1）

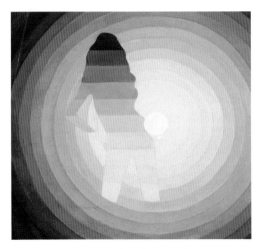

图4-19 纯度秩序调和（2）

图4-20 纯度秩序调和（3）

图4-21 补色、对比色秩序调和（1）

图4-22　补色、对比色秩序调和（2）

面积调和（图4-23）比例关系如下。

（1）其从纯色相出发，即考虑色环上红、橙、黄、绿、蓝、紫主要的原色、间色的面积调和关系。

方法：用明度比率数字的倒置就能求出它们的面积比例。

明度——黄9：橙8：红6：紫3：蓝4：绿6

由此得出，三对补色的明度比率如下。

红：绿=6：6=1：1

橙：蓝=8：4=2：1

黄：紫=9：3=3：1

反之，面积比依次为1：1、1：2、1：3。

面积——黄3：橙4：红6：紫9：蓝8：绿6

由此得出，明度高的纯色面积要小，如黄色；明度低的纯色面积要小，如紫色；中等明度处于中间。

（2）色彩面积调和还与彩度相关。随着彩度降低，面积要相应加人，才能取得色彩力量的平衡。原理如下：纯度高扩张感，反之缩小感。例如，黄：紫=1：3，黄+灰，紫不变，降低彩度，黄：紫为2：3或3：3。

图4-23　面积调和

4.2 色彩调和与视觉生理平衡

生理学家在研究光与色对我们的视觉器官——眼与脑的作用以及它们的组合联系和功能时发现，视觉可以调节以适应明暗和颜色的变化，色彩视觉和色彩辐射会对人的生理与心理产生多重影响，各种色彩都能起作用。

色彩对视觉的作用如下。如果在大多数时间里处于视野内的某块平面，其色彩属于光谱的中段色彩，则在其他条件相符合的情况下，眼睛的疲劳程度最小。因此，从生理学角度看，属于最佳的色彩有：淡绿色（浅绿色）、淡黄色、翠绿色、天蓝色、浅蓝色和白色等，而这些色彩都能通过色彩调和实现。

但是，任何色彩都不可能是完全适宜的。眼睛总是要疲劳的，而色彩性疲劳可以通过调换另一种色彩的方式来减轻。为了恢复生理上的平衡，眼睛就会自觉地谋求与此色彩视觉互补，所以，必须周期性地使眼睛的视野从一种色彩变换到另一种色彩。因此人们会不断欲求新的色彩刺激从而达到视觉生理上的平衡和心理上的补充。这种视觉互补的生理平衡原理也标志着流行色的变化规律一般会向色彩互补方向转移。

而和谐来自对比。对比能刺激起神经的兴奋，但由对比产生的兴奋得不到缓和就会造成疲劳及造成精神的紧张，这也就使得调和成了一句空话。因此，对比产生的和谐刺激与经过适当调和来抑制过分的刺激，又产生一种恰到好处的对比。也就是说，色彩的对比是绝对的，调和是相对的；对比是目的，调和是手段。

例如，如果用黄色、橙色和紫色搭配作室内色彩，则家具可采用白色、橙色、黄色，室内织物如床单、窗帘等，可选用在淡黄中点缀淡紫花饰的图案。

又如房间的基调是鲜明的暖黄色，也可以用小面积淡紫色来装点，形成补色的对比，更能衬托出橙、黄的鲜明、热情和生动的效果。

假如采用国际流行的一组室内色彩——蓝色、粉红色与浅灰色组合，这是一个冷色基调，有白色的墙面、灰色的家具、蓝色的地毯，床罩和窗帘等室内织物可采用粉红色和浅蓝色等明快色彩，使整个房间在宁静安谧的气氛中跳跃着生动活泼的青春气息，这样的色调是比较统一、和谐的。如图 4-24 所示为色彩调和的作品。

色彩调和的目的并不仅仅是为追求视觉的生理平衡，有时还要考虑心理的需求。无论在艺术创作中，还是在生活用色中，心理的需求往往对色彩的审美产生极为重要的影响。一些符合特殊需求的、富有表现力的色彩，往往会是一些本身看起来并不和谐的色彩。在视觉中能使人心理平衡的色彩，一般都适于长久地注目，并且为多数人所接受；而往往适合于心理需求的色彩，只需在较短的时间内引起人们的关注，并产生心理的影响。如图 4-25 所示为色

图4-24 色彩调和（1）

> > > > > > > > > >

彩调和作品。

图4-25 色彩调和（2）

在各种色彩调和中，都是围绕色彩三要素的量与质的变化进行的，这也是色彩调和规律的最基本的认识。

实 训 题

作业一：赋予同质要素的调和（对比色2种或3种），作品大小为18 cm×18 cm，1张。

作业二：分割调和，作品大小为18 cm×18 cm，1张。

作业三：色彩构成综合练习，作品大小为18 cm×18 cm，1张（在20 cm×20 cm的白纸板上完成）。

要求：

（1）自拟题目，自定主题，创作一幅表达自己内心世界最想表达的作品（主题不限，可随意创作）。

（2）构图新颖，形式感强，现代感强，有创意。

（3）运用所学的色彩构成知识，使色彩搭配和谐、丰富，层次感强。

（4）画面必须干净、整洁、精致。

模块 5　色彩构成的应用规律

5.1　色彩的统一规律

　　色彩的和谐统一，是色彩构成的基础。要达到色彩统一的效果，应注意以下几点。

　　（1）主色调。确定要表达的主色调，局部的色彩服从于主观上的整体统一，整幅作品的主题、风格、气氛都应通过主色调来体现。因此主调的选择是最重要的，在此基础上再考虑局部的变化，如图 5-1 所示。

　　（2）大部分色彩的统一协调。要实现色彩的和谐与统一，色调的控制是关键。主调确定以后，就应考虑色彩的施色部位及其比例分配。作为主色调，一般应占有较大比例；而次色调作为与主调色相对应的色调，只占较小的比例，如图 5-2 所示。

图5-1　主色调（1）

图5-2　主色调（2）

在色彩三要素中，最突出的是明暗的对比和色相的对比关系。因此，色相、纯度、明度的对比关系，是构成色调统一与调和的基本因素。

5.1.1　色彩调和

色彩调和根据色相的性质分为类比色与对比色。类比色是相近的色相，它们之间色相与明度区别小，属同色系，因而组成的色调是调和的。对比色的色相反差大，视觉上会产生矛盾、不稳定感。两种对比色接触的边缘对比最为强烈。两种色彩组合，当减弱一种色相的纯度时，其对比关系将趋于稳定。将黑、白、金、银、灰等中性色运用到对比色中，也可从容地协调其他色彩。在色彩设计中，中性色往往能将整个画面协调起来，使风格统一且富于装饰变化，如图 5-3 和图 5-4 所示。

色彩调和是配色美的一种形态，可使人产生愉快、舒适、耐人寻味的感觉。无彩色系的构成配色最易调和，同种色（如同一种颜色浓淡配合）如深红、浅红两种色，或深蓝、中蓝、浅蓝三种色以上配合，会有统一调和的感觉。同种色配合由于色彩浓淡太近会起同化作用，或浓淡太远会起隔离作用，要注意深浅、浓淡间隔在视觉上要分色清楚，才能取得理想的效果。黄、黄绿、绿或蓝、蓝紫、紫等色的配合，令

图5-3　色彩调和（1）

<<<<<<<<<

人有温和的感觉，它们在色相明度深浅、纯度鲜灰上灵活搭配应用，会使作品对比明显、活泼雅致又略有变化，十分耐看，可构成丰富、优美、统一、和谐的色彩关系，如图5-5和图5-6所示。

图5-4　色彩调和（2）

图5-5　色彩调和（3）

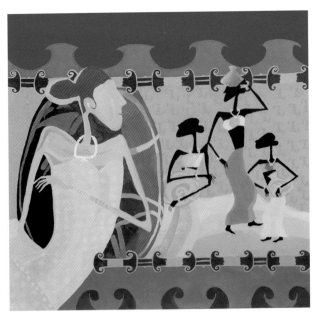

图5-6　色彩调和（4）

5.1.2　色彩配合

　　色彩配合采用对比互补色相组合，具有饱满、华丽、生动的特点，使色彩达到最大的鲜明程度和强烈的刺激感觉，从而引起人们视觉上的重视，达到心理上的满足。如色相环上间隔120°左右的三色——红、黄、蓝，180°左右的色——红、青、绿、黄、青紫、蓝、橘红等。如图5-7所示为色彩配合的效果。

图5-7　色彩配合

5.2 色彩的变化规律

自然界的色彩尽管千变万化，错综复杂，但它们的变化是有规律可循的。这些规律可归纳为以下几点。

1. 色彩的空间透视

人的视觉是按近大远小的透视原理来反映物体的远近距离的。同样大小的东西，靠近我们的则显得高大，远离我们的则感觉矮小，这也是任何造型艺术无法摆脱的透视变化规律。

色彩也有透视变化规律，如近的暖、远的冷，近的鲜明、远的模糊等。尤其是风景写生，因为空间距离深远开阔，这种色彩透视变化的规律格外突出；而画静物空间小，色彩的透视变化程度也相应的减小。一切物体不仅形象特征随着空间距离的增大而发生变化，而且色彩关系也随之逐渐削弱，这就是空间透视变化的基本规律。如果违背规律，把远处的各种物体画得色彩鲜明强烈，那么它就毫不客气地从远处跑到近处，从后面跑到前面，而失去了基本的空间透视效果，画面也由深远而化为临近。如图5-8所示为色彩的空间透视作品。

图5-8 色彩的空间透视

色彩的空间透视的成因有两个：一是人的视觉在一定距离限度内可以看清物体的形象和色彩特征，超越了这个限度，也就逐渐变得模糊不清，这是人的客观因素所决定的；二是由于地球上的大气层是含有微小颗粒的空间，其中有许多灰尘、水蒸气、烟雾和空气分子等，它并不像我们看上去那样是透明的空间。

2. 光与色的客观变化规律

我们知道，物体的色彩是光反射到眼睛的结果。物体受到不同的光照，会出现阴阳向背及明暗、深浅等特征，并呈现出立体的、冷暖不同的色彩变化。光源色的冷暖对自然界

>>>>>>>>>

色彩的变化起着非常重要的作用。在"暖色"光线下的物体，其亮部呈"暖色相"，这时它的暗部呈"冷色相"；在"冷色"光线下的物体，其亮部呈"冷色相"，而它的暗部则呈"暖色相"。如果色光的冷暖不明显，就应按照两色光的强弱来分。一般情况下，早晨和傍晚的日光、灯光、火光等为暖色，中午的阳光、天光、白炽灯光等为冷光。如图5-9所示为固有色与环境色的关系。

图5-9　固有色与环境色

5.3　色彩的空间规律

"色彩空间"一词源于西方的 Color Space，又称做"色域"。色彩学中，人们建立了多种色彩模型，以一维、二维、三维甚至四维空间坐标来表示某一色彩，这种坐标系统所能定义的色彩范围即为色彩空间。

5.3.1　色彩空间模型

色彩空间模型是使用一组值（通常使用三个、四个值或者颜色成分）表示颜色方法的抽象数学模型。例如，三原色光模式 (RGB) 和印刷四分色模式 (CMYK) 都是色彩模型。

红色、黄色和蓝色这三种原色可以混合而得到不同的颜色，这些颜色就定义了一个色彩空间。我们将品红色的量定义为 X 坐标轴，青色的量定义为 Y 坐标轴，黄色的量定义为 Z 坐标轴，这样就得到一个三维空间，每种可能的颜色在这个三维空间中都有唯一的一个位置。

色彩空间模型可分为以下两类。

1. 减法混色色彩空间

减法混色色彩空间即 CMYK 色彩空间。印刷过程是使用减法混色法，因为它描述的

<<<<<<<<<

是需要使用何种油墨，通过光的反射显示出颜色。它是在一种白色介质（画板、页面等）上使用油墨来体现图像。CMYK 描述的是青、品红、黄和黑四种油墨的数值。根据不同的油墨、介质和印刷特性，存在多种 CMYK 色彩空间（可以通过色点扩张或者转换各种油墨数值从而得到不同的外观）。如图 5-10 所示为 CMYK 色彩空间模型。

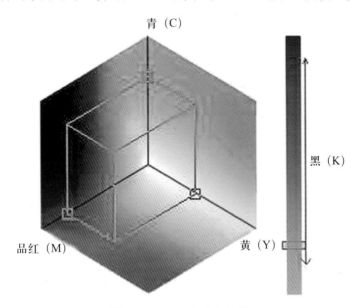

图5-10　CMYK色彩空间模型

2. 加法混色色彩空间

（1）RGB 色彩空间。当在计算机监视器上显示颜色的时候，通常使用 RGB（红色、绿色、蓝色）色彩空间定义，这是另外一种生成同样颜色的方法，红色、绿色、蓝色被当做 X 坐标轴、Y 坐标轴和 Z 坐标轴，如图 5-11 所示。

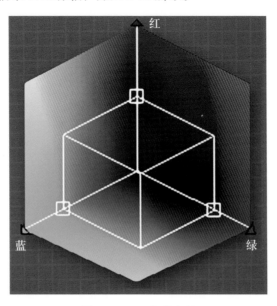

图5-11　RGB色彩空间

（2）HSV 色彩空间。色相（Hue）、饱和度（Saturation）、明度（Value），也称 HSB（B 指 Brightness），是艺术家们常用的色彩术语，因为与加法、减法混色的术语相比，使用色相、饱和度等概念描述色彩更自然、直观。HSV 是 RGB 色彩空间的一种变形，它的内容与色彩尺度与其出处——RGB 色彩空间有密切联系，如图 5-12 和图 5-13 所示为 HSV 表示方法。

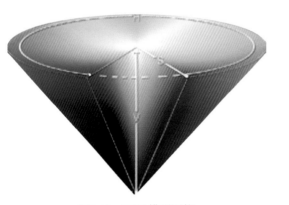

图5-12　HSV 模型圆锥

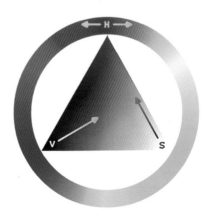

图5-13　HSV 色轮

（3）HSL。色相（Hue）、饱和度（Saturation）、亮度（Lightness/Luminance），也称 HLS 或 HSI（I 指 Intensity）。其与 HSV 非常相似，只是用亮度（Lightness）替代了明度（Brightness）。二者的区别在于，一种纯色的明度等于白色的明度，而纯色的亮度等于中度灰的亮度，如图 5-14 所示。

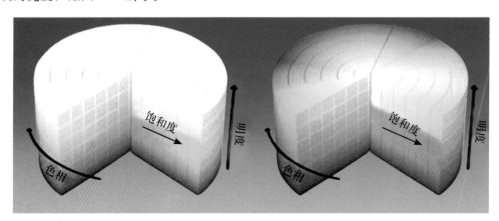

图5-14　HSV 与 HSL 区别

5.3.2　色彩空间的混合规律

（1）凡互补色关系的色彩按一定比例的空间混合，可得到无彩色系的灰和有彩色系的灰，如，红与青绿的混合可得到灰、红灰、绿灰。

（2）非补色关系的色彩空间混合时，产生两种色的中间色，如：红与青混合，可得到红紫、紫、青紫。

（3）有彩色系色与无彩色系混合时，也产生两种色的中间色，如：红与白混合时，可得到不同程度的浅红；红与灰的混合，得到不同程度的红灰。

（4）色彩在空间混合时所得到的新色，其明度相当于所混合色的中间明度。

（5）色彩并置产生空间混合是有条件的：

① 混合之色应是细点或细线，同时要求密集，点与线越密，混合的效果越明显，如图 5-15 所示。

② 色点的大小，必须在一定的视觉距离之外才能产生混合，一般为 1000 倍以外，否则很难达到混合效果，如图 5-16 所示。

图5-15　空间混合（1）

图5-16　空间混合（2）

5.3.3　空间混合的特点

（1）近看色彩丰富，远看色调统一。在不同视觉距离中，可以看到不同的色彩效果。

（2）色彩有颤动感、闪烁感。适于表现光感，印象派画家惯用这种手法。如图 5-17 ～图 5-22 所示为空间混合作品。

图5-17　空间混合（3）

图5-18　空间混合（4）

图5-19　空间混合（5）

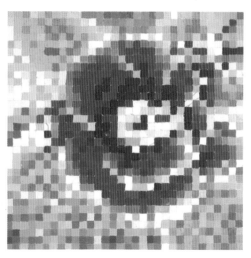

图5-20　空间混合（6）

图5-21　空间混合（7）

图5-22　空间混合（8）

实　训　题

找一幅优秀的绘画或摄影作品作为摹本，依照作品的构图和色调进行各层次色彩的分解与并置，以达到最好的空间混合效果，同时也可以加大色彩对比色，以追求丰富的视觉效果。

作业要求：

（1）画面内容、主题不限。

（2）画面大小及创作要求。与原色彩构成作业要求相同。画面色调明确，颜色出处与所取画面一致，画面整洁精致。小格为0.5 cm×0.5 cm。

注：原图片必须贴在作业背面。

模块6　色彩的采集与重构

6.1　色彩的采集

俗话说"艺术源于生活"，色彩构成也是如此。生活中的色彩对于我们来说随处可见，多观察生活中的色彩，我们很可能会得到启发创作的灵感。色彩的采集与重构的目的，就是把我们收集到的自然色彩和人工色彩的素材进行观察、理解、提炼，然后帮助我们进行再创作。采集的色彩可以帮助我们累积素材，更重要的是通过采集的过程，可以提高我们的艺术修养和审美意识，无形中为以后的设计打下良好的基础。

色彩的采集方法：可在民族文化、民间的特色、少数民族风情中寻求灵感；也可从大自然中汲取养分。

采集的主要形式有以下几种。

1. 对自然色的采集

大自然的色彩是我们取之不尽的源泉。动植物的色彩是自然界中最丰富生动、最具有生命力的色彩，如蝴蝶、花朵等的色彩，采集动植物的色彩是我们学习的重点。面对动植物的色彩变化，我们应该从感性上出发，在理性上分析，按照色彩规律进行重新的组合和构成，如图 6-1 所示。

2. 对传统色的采集

我国的传统文化有着几千年的积淀，博大精深。从传统中去学习、提炼色彩，常常会让我们创作时事半功倍。如可以从具有代表性的彩陶和丝绸等传统工艺中去发掘色彩，如图 6-2 所示。

3. 对民间色的采集

民间艺术纯朴、真挚，有着人们最原始的感情，所以更值得我们去关注和搜集。如刺绣、年画等色彩丰富艳丽，是很好的学习素材。如今我国的民族文化越来越多地走向国际，只有民族的才是世界的。如图 6-3 所示为对民间色的采集。

>>>>>>>>

图6-1　对自然色的采集

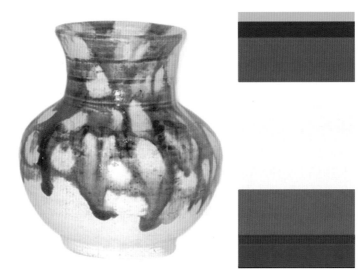

图6-2　对传统色的采集

图6-3　对民间色的采集

4. 对图片色的采集

从图片中获得色彩采集的启示，是一条非常有效的途径。有不少好的图片是现成的素材，很多是我们自己无法收集到的资料，如国内外的自然风景、特色建筑、奇珍动植物等，如图 6-4 所示。

图6-4 对图片色的采集

6.2 色彩的重构

色彩的重构是分析并打散原来色彩形象的色性和组织结构，保持原来的一些关系、色调与风格，再打散原来的色彩结构并重新组织色彩形象，同时注入自己的表现意念，然后构成新的形象及色彩的形式。

1. 色彩重构的方法

观察和分析采集色彩的构成形式，保持原来的主要色彩关系与色块面积比例关系、主色调、主意象的精神特征以及色彩气氛与整体风格；将原来物象中美的、新鲜的色彩元素注入新的组织结构中，使之产生新的色彩形象。

2. 重构时的注意事项

（1）整体色按比例重构

将色彩对象完整地采集下来，将原色彩关系和色面积比例运用到新的画面中。

特点：主色调不变，原物象的整体风格基本不变，如图 6-5 所示。

（2）整体色不按比例重构

将色彩对象完整采集下来，选择典型的、有代表性的色，不按比例重构。

特点：既有原物象的色彩感觉，又有一种新鲜的感觉。由于比例不受限制，可将不同

> > > > > > > > >

面积大小的代表色作为主色调，如图 6-6 所示。

图6-5　整体色按比例重构

图6-6　整体色不按比例重构

（3）部分色的重构

从采集后的色标中选择所需的色进行重构，可选某个局部色调，也可抽取部分色。

特点：更简约、概括，既有原物象的影子，又更加自由、灵活，如图 6-7 所示。

（4）形、色同时重构

这是根据采集对象的形、色特征，经过对形的概括、抽象的过程，在画面中重新组织的构成形式。

特点：能突出整体特征，如图 6-8 所示。

图6-7　部分色的重构

图6-8　形、色同时重构

（5）色彩情调的重构（神似）

根据原物象的色彩情感、色彩风格做"神似"的重构，重新组织后的色彩关系和原物象非常接近，并尽量保持原色彩的意境。此方法较之以上几种方法有一定的难度，它需要创作者对色彩有深刻的感受和理解，否则，重构色彩就会缺乏感染力，很难与观者产生共鸣。如图 6-9 所示为色彩情调的重构。

>>>>>>>>>

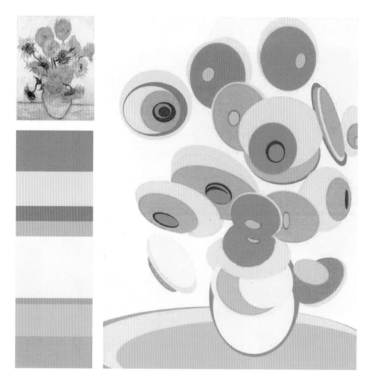

图6-9　色彩情调的重构

实 训 题

　　以一张图片的色彩为基调，从中提炼出若干种主色调的色彩和关键的色彩，列在下端，并以这些色彩为基调重新组织一张新的作品画面。

　　作业要求：

　　（1）画面内容、色相、主题不限。

　　（2）画面大小及创作要求：与原色彩构成作业要求相同，画面色调明确，颜色出处与所取画面一致，画面整洁、精致。

　　注：原图片必须贴在作业背面。

应用实践篇 >>

模块 7　色彩构成的应用

7.1　色彩构成在平面广告设计中的应用

7.1.1　专业理论

1. 平面广告

现代社会中，平面广告作为宣传媒介，色彩在其中的作用与日俱增。平面广告设计成功因素之一就是色彩的巧妙应用。色彩的表现多种多样，它具备各种存在的意义，同时潜藏着一种神秘的魅力。如何运用广告色彩的表现力，创造新颖效果，使广告有效吸引目标群体，是搞好平面广告设计的重要课题。

当今的设计师比上一代的设计师所能运用的色彩工具多了许多。如何运用好计算机为我们提供的丰富色彩，不是一件很简单的事情，许多人有时会迷失在色彩的世界里。创作平面广告，进行色彩设计处理主要就是配色工作，要凸显效果，一般有以下几个步骤。

（1）确定底色和图形色。在设计时我们会经常遇到用几个色做各种形的构成，作为底的色，我们往往会将它推远；而作为图形或文字的色，我们会将它拉近。这就需要了解配色关系对作品的影响。一般明亮和鲜艳的色比暗浊的色更容易有图形效果。因此，配色时为了取得明了的图形效果，必须首先考虑图形色和底色的关系。图形色要和底色有一定的对比度，这样才可以很明确地传达要表现的东西。要突出的图形色必须让它能够吸引观者的主要注意力。如果不是这样就会喧宾夺主。

（2）进行整体调色。如果想使设计能够充满生气、热烈、冷清或者温暖、寒冷等感觉都是由整体色调决定的。那么如何能够控制好整体色调呢？只有控制好构成整体色调的色相、明度、纯度关系和面积关系等，才可以控制好设计的整体色调。首先要在配色中心决定占大面积的色，并根据这一色来选择不同的配色方案，从而会得到不同的整体色调，从中选择出我们想要的。如果用暖色系列来做整体色调，则会呈现出温暖的感觉；反之亦然。如果用暖色和纯度高的色作为整体色调，则给人以火热、刺激的感觉，以冷色和纯度低的色为主色调，则给人一种清冷、平静的感觉。以明度高的色为主则显得亮丽、轻快，以明度低的色为主则显得比较庄重、肃穆。取对比的色相和明度则活泼，取类似、同一色系则感到稳健。色相数多则会华丽，少则会淡雅、清新。以上几点整体色调的选择要根据所要表达的内容来决定。

（3）注意配色的平衡。颜色的平衡就是颜色的强弱、轻重、浓淡这种关系的平衡。这些元素在感觉上会左右颜色的平衡关系。因此，即使相同的配色，也将会根据图形的形状和面积的大小来决定成为调和色或不调和色。一般同类色配色比较容易平衡。处于补色关系且明度也相似的纯色配色，如：红和蓝绿的配色，会因过分强烈而感到刺眼，成为不调和色。可是若把一种色的面积缩小或加白、黑色，改变其明度和彩度并取得平衡，则可以使这种不调和色变得调和。纯度高而且强烈的色与同样明度的浊色或灰色配合时，如果前者的面积小，而后者的面积大，也可以很容易地取得平衡。将明色与暗色上下配置

图7-1 平面广告（陈婷婷）

时，若明色在上暗色在下，则会显得安定。反之，若暗色在明色上则有动感，如图 7-1 所示。

（4）彰显重点色。配色时，为了弥补调子的单调，可以将某个色作为重点，从而使整体配色平衡。在整体配色的关系不明确时，就需要突出一个重点色来平衡配色关系。选择重点色要注意以下几点：重点色应该使用比其他的色调更为强烈的色。重点色应该选择与整体色调相对比的调和色。重点色应该用于极小的面积上，而不能用于大面积上。选择重点色必须考虑配色方面的平衡效果。

（5）追求节奏。由颜色的配置产生整体的调子。而这种配置关系在整体色调中反复出现排列就产生了节奏。色的节奏和颜色的排放、物体的形状和质感等有关。由于渐进的变化色相、明度、纯度都会产生变化而且是有规律的，所以就产生了阶调的节奏。将色相、明暗、强弱等的变化做几次反复，从而会产生反复的节奏。可以通过赋予色彩以跳跃和方向感会产生类似运动的节奏，等等。我们可以通过学习或训练来掌握更多的节奏效果。

（6）渐变色的调和。两种或两种以上的色不调和时，在其间插入阶梯变化的几种色，就可以使之调和。①色环的渐变：色相的渐变像色环一样，在红、黄、绿、蓝、紫等色相之间配以中间色，就可以得到渐变的变化。②明度的渐变：从明色到暗色阶梯的变化。③纯度的渐变：从纯色到浊色或到黑色的阶梯变化。根据色相、明度、纯度组合的渐变，把各种各样的变化进行渐变处理，可以构成复杂的效果。这些渐变色都是调和的。如图7-2所示为脸谱。

（7）色彩的统调。所谓统调，即为了多色配合的整体统一而用一个色调支配全体，将这个色叫做统调色，也就是支配色调。色相统调是在各色中加入相同的色相，而使整体色调统一在一个色系当中，从而达到调和。明度统调是加白色或黑色，以使全体色调的明度

相似。这样也可以达到调和目的。纯度统调是加灰色，以使全体色调的纯度相似。

图7-2 脸谱（陈婕兰）

（8）色彩的分割。两种色如果互相处于对立关系是对比的，具有过分强烈的效果，成为不调和色。为了调节它们，在这些色中用其他色把它们划分开来，即分割。将用于分割的色叫做分割色。可以用于分割色的颜色不多，最常用的是白、灰、黑。金色和银色也具有分割的效果，但在计算机中很难调出具有重量感的这两种色，但可以用于印刷中。使用其他彩色进行分割也可以，但要选择与原来色有明显区别的明度，同时也应考虑色相和纯度。

如图 7-3 所示为"加加"酱油招贴广告的设计，该设计体现了"形"与"义"的结合，体现了"加"与"家"的同步，红色与黑色用得十分纯正。

如图 7-4 所示为"加加"酱油的姐妹篇广告，该作品"形"与"义"结合完美，节奏明快，视觉清新，广告意图深入人心。

如图 7-5 所示的广告中，有音乐有舞蹈，时尚快乐，红色与黄色的结合，显得热情奔放，容易勾起人们的饮用欲望。

各种色彩会带给人不同的感受，这些感受都是相对的。我们把让人感觉兴奋、激动的色彩称为活泼色；把让人感到平和、安稳、亲切的色彩称为安静色。一般红、橙、黄为活泼的色彩，而蓝、绿、紫为安静的色彩。明度高的色彩有活泼感，明度低的色彩则有安静感。一般红色、黄色、紫色给人的感觉是华丽，而蓝色、咖啡色、绿色等给人的感觉是朴素、自然。从明度角度讲，浅的颜色显得华贵，深的颜色则显得朴素。了解了色彩对人心理产生的影响，

>>>>>>>>

才能更好地使用色彩。红色象征热情奔放，容易使人联想到热烈的爱情、太阳等。近来，国产乐凯胶卷为了扭转颓势，以便与富士（以绿色为主）、柯达（以黄色为主）三分天下，在京城掀起了"红色"风暴。红色是一种鲜活的颜色，从而可以迅速引起消费者的注意。

"jiajia"户户有你"wei"更好

图7-3 "加加"酱油招贴广告

美味不是盖的!

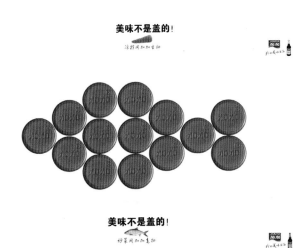

美味不是盖的!

图7-4 "加加"酱油姐妹篇广告

图7-5　雀巢咖啡广告

　　蓝色代表宁静、清爽、冰冷，也象征希望。柔和七星香烟就是以蓝、白为主。蓝天、白云的广告画面给人一种清新自然的感觉。绿色象征自然、生命、春天，在自然平和之中诱发出蓬勃的生机，富士采用绿色，大概也暗含富士胶卷拍出的照片逼真、自然的意思吧。黄色代表愉悦、明快、温暖并十分醒目。"维维豆奶，欢乐开怀"，所以维维包装以黄色为主色。白色象征和平、纯洁。黑色象征严肃、庄重。黑白色永恒而又高贵，所以葡萄酒大多用黑色瓶盛装。但是中国的葬礼多用黑白色，因此两者的搭配一定要慎重。

2. 包装设计

　　包装设计与广告设计有相似的地方也有所不同，一般广告设计的色彩采集会从包装设计上提取元素。如图 7-6 所示为万宝路香烟的包装。

　　包装的色彩设计必须实事求是地反映内部产品的类型与价值。心理学家罗索·福斯坦第格曾说："色彩起着一种暗示的作用，它是一种包含各种含义的浓缩了的信息。"包装色彩的设计一般追求醒目色彩与独特个性，以达到在琳琅满目的商品中脱颖而出的目的。

　　如图 7-7 所示为月饼包装盒的设计，黄色与蓝色搭配，有中国特有的古朴与高贵的韵味。

　　如图 7-8 所示，该月饼包装盒的设计中，色构很美，花案颜色和谐，喜庆气氛浓烈。

　　受外来文化影响，巧克力的主流包装与月饼包装、喜糖包装不同，巧克力包装比较追求褐色、金色等与产品色接近的灰色。为占领节假日喜庆糖果市场，近年来市面上的普通巧克力糖果包装色彩越来越丰富，如图 7-9 所示。

图7-6　万宝路香烟的包装

图7-7　月饼包装盒（1）（桂林瑞智翔艺术设计有限责任公司提供）

图7-8　月饼包装盒（2）（桂林瑞智翔艺术设计有限责任公司提供）

图7-9　巧克力包装

7.1.2　专业实训

1. 实训背景

随着时代的发展和人们生活水平的提高，人们对身边的事物的需求也在不断地改变。包装每时每刻都伴随在我们的身边，无论是我们生活中的日用品还是食物经常都会使用包装，它已成为我们生活中不可或缺的一部分。在包装设计中要注意体现食物与艺术的结合。包装形式的多样性，展现出食物本身所具有的诱惑力，人们看一件商品时，首先映入眼帘的往往不是商品本身而是商品的外包装，所以包装在决定顾客是否对商品感兴趣这一问题上起着至关重要的作用。再者，随着经济水平的日益提高，同类商品在质量问题上的差异开始日益减小，所以在包装上下工夫以便吸引顾客的注意就变得越来越重要。包装更能传达人们对于生活艺术的追求。

2. 目的、意义

通过本实训可以加深对包装的深一步了解，并掌握包装设计的要领。

（1）让学生深入了解包装由设计到合成的整个流程。

（2）提高学生在实际操作中收集信息、对信息进行价值判断，以及信息整理、信息加工的能力。

（3）提高学生在制作工程中的实际动手能力。

（4）使学生进一步掌握包装设计的原理，了解设计包装所需要的软件环境及硬件环境。

（5）增强学生的合作精神和团队意识。

3. 设计要求

（1）首先寻找自己要做的包装类型，并进行资料的查找。

>>>>>>>>>

（2）手绘包装初稿，经老师查看后再修改包装结构图。

（3）在手绘图通过后，使用任意的绘图软件完成效果图。

（4）在绘制完成后，印刷为成品。

（5）结合设计的作品，撰写课程设计报告书。

7.2　色彩构成在建筑设计中的应用

7.2.1　专业理论

1. 建筑设计中的色彩

纵观人类建筑发展史，从原始的以满足人们躲风避雨的简单要求，发展到今日高耸入云的摩天大楼，除了主要满足一定的实用功能外，同时还存在着一种艺术性的要求。其中对建筑色彩的艺术处理尤为重要，因为它极为方便和直接地表现出建筑设计者的潜在意识、思想内涵，体现了一定的时代烙印，同时极为直接地影响着观赏者的心理情感。如图7-10所示为巴黎凯旋门。

图7-10　巴黎凯旋门（金黄色调）

作为环境的重要组成部分，建筑是通过形体和色彩来表现其美感的，除了和谐的形体外，色彩是它极其重要的因素。建筑与色彩两者互为一体，它们关系十分密切，共同影响着人们对它们的感受。

色彩是造型艺术语言中较为活跃、丰富和敏感的视觉因素，富有表现力。建筑作为造型艺术之一，它的存在离不开色彩，建筑色彩设计往往直接体现着建筑师的情感意识和艺术修养。建筑色彩分为材料色与装饰色，建筑设计中的色彩设计任务就是进行材料色与装饰色的有机搭配，使其达到某些和谐效果。比如工业建筑的色彩设计，就要求其能改善环境，以及能调节人的心理状态，提高生产效率，减少事故发生等。

2. 建筑设计中的色彩设计原则

建筑设计中的色彩设计工作量很大，开展此类工作可以从以下几个设计原则出发。

（1）地域性、民族性

建筑具有地方特点，色彩也具有地域性，而建筑的这种民族或地方性是通过色彩来体现的。一个国家有一个国家的色彩偏好，一个地方有一个地方的色彩偏好，一个民族同样有一个民族的色彩偏好。比如，汉族喜欢红、黄、绿；维族、哈萨克族、回族受伊斯兰教影响，喜欢将绿、蓝、白、金等用于清真寺上（图7-11）；蒙古族由于生长在蓝天、绿草、牛与羊的环境中，喜欢蓝、绿、白；藏族从他们的服饰就可以看出，他们喜欢白色、红褐色、绿色和金色，布达拉宫就是个很好的例证（图7-12）。我们的设计都应该在注重功能的前提下，注意民族特色，设计出具有民族风格的建筑。

图7-11 宁夏的清真寺（白、绿）

图7-12 西藏的布达拉宫（白、褐、金）

>>>>>>>>>

（2）具有协调性

建筑不是单独存在的，必然与周围的环境相适应。无论是自然环境、人造环境，还是人文环境，我们在做色彩设计的时候都应全面考虑这些问题。

一般情况下，一个城市都有它固有的城市文化及城市色彩，或者说一个城市的性格色彩；一个区域都有其整体色彩。我们在做设计时当然不能破坏这个城市或者这个区域的整体格调，只有在满足与大的环境保持协调的前提下，再来关注单体的建筑色彩。在考虑外部色彩的处理时，应充分考虑周围的景观色彩，包括自然景观和人造景观，设计时应尽可能地结合自然环境，从而创造出和谐统一的色彩效果。

通常在不同的环境中，建筑色彩的设计既要使建筑物色彩富于变化，又要使建筑群体的色彩能够统一，做到统一中有变化，变化中有统一，如图 7-13 和图 7-14 所示。

图7-13　英国的爱尔兰朵娜城堡(Eilean Donan)

图7-14　德国的霍亨索伦堡

（3）符合建筑的功能性要求

根据使用功能的不同，建筑分为公共建筑和民用建筑。建筑设计首先考虑的是功能性，要知道是为什么而设计的。公共建筑又要分辨出是办公建筑还是商业建筑，是学校建筑还是医院建筑等。具有不同使用功能的建筑，采用的色彩也应该不同，这样才能体现出建筑美感，以符合或者反映其功能特点。如疗养院、医院就应该用白色或中性灰色作为主调，在心理上给人以清洁、安静之感，如图7-15所示；纪念馆等常以橘黄色的琉璃瓦来做檐口装饰，给人一种高贵和永久之感；而民用建筑，就该以酱红色、浅粉色为主调，这样给人一种活泼向上的感觉。

图7-15 中国人民解放军第一医院

（4）具有调节建筑造型的塑造性

色彩具有扩张感、冷缩感，有前进感、后退感，同时色彩还具有轻重感，了解色彩的这些特点，可以用来指导我们的设计，通过色彩的合理运用来达到塑造好的建筑形体的目的。

色彩为建筑提供了形状再创造的可能。用色彩对比的方法可以在平板单调的形体上创造出多彩多姿的形状，使建筑造型丰富起来。传统建筑中的彩绘、壁画都具有色彩造型的功能。在古建筑中，彩绘多是以自然界的动植物为题材，现代建筑的色彩造型则多倾向于抽象的几何体，容易与建筑融为一体。

建筑形状主要由建筑边缘的轮廓线反映出来，建筑的边线包括屋顶轮廓线、竖向转角和地面线。用色彩强调建筑的外轮廓可以使建筑的形体得到突出表现。建筑的内轮廓反映了建筑的局部和小型部件的形状，如楼梯、门窗、台阶、雨篷、柱廊、小型色块等。用色彩对比的方式表现建筑的小型部件或对门窗洞口的边框用色彩加以粉饰，都具有突出建筑内轮廓的作用，可以使建筑面目清晰，给人以爽快感觉。对于建筑整体和局部不理想的形状都可以用色彩进行各种形式的改造和调节。

色彩有远近的差别，一个平面上的不同色彩在人们的感觉中会形成前后的距离。建筑师可以根据这一原理，利用适当的色彩组成调节建筑造型的空间效果，创造出空间层次，增加造型的趣味性和丰富感。这种空间调节作用对于形体简单的建筑具有很实际的意义。

（5）与光影结合的结构美

有形体和光的存在，那么阴影的产生就将是不可避免的，阴影会给我们的设计带来不便，但是可以充分地利用阴影来加强形体的立体感，同时和其他色彩协调来构成更加丰富的画面。

把建筑立面造型和遮荫功能结合起来，利用雨篷等挑出墙面之外造成的大片阴影与浅色的墙面形成强烈的明暗对比，也形成虚实对比，这样便可以加强建筑物的空间效果，并改变建筑色彩的明度，用来体现建筑美，如图7-16～图7-18所示。

图7-16　瑞士的西庸城堡(Chillon)

（6）符合气候的冷暖性

气候有冷暖，色彩有冷暖感。天气是不可人为调节的，但是色彩却是可以人为调节的。因此，我们可以通过色彩来调节自然环境的冷暖感，达到改变环境冷暖的目的。当然，这种改变不是真的改变，只是通过色彩的搭配，让人们在酷热的环境下并不感觉热，或在寒冷的环境下并不感觉冷（只是相对而言，除非建筑色彩可进行变色龙式的自动智能调节，要不固定色不能时时达到这一要求）。

图7-17 国家游泳中心——梦幻水立方（1）

图7-18 国家游泳中心——梦幻水立方（2）

南方（北纬20°～30°左右）气温高、湿度大、气候炎热，建筑的色彩大多使用高明度的中性色或冷色。常以灰色作基调，显得明快、淡雅，很适应南方气候的防热要求和人们的心理感觉，且容易和常年苍翠浓郁的绿化环境相协调，进而体现建筑美。

北方（北纬40°左右）气候寒冷，建筑色彩常用中等明度的暖色和中性色，比如常以暖色为主，浅黄色的墙面上会增加白色线条，在冬季会给人以温暖感觉。这些建筑又常配以深红、深绿等屋面色调，在夏季绿树成荫之时，使人感觉清新明朗，从而得以实现建筑美。

>>>>>>>>>

7.2.2　专业实训

1．实训内容

（1）根据建筑设计中的色彩设计原则，设计两张建筑设计的色彩设计的效果图。

（2）根据建筑设计中的色彩设计原则，对周围建筑设计中的建筑色彩的运用进行分析与研究。

2．训练要求

（1）首先寻找建筑目标，根据建筑设计中的色彩设计原则，进行色彩设计。

（2）在手绘图通过后，再使用任意的绘图软件完成效果图。

（3）结合设计的作品，撰写课程设计报告书。

3．实训目的

掌握建筑设计中色彩的设计原则。

7.3　色彩构成在室内设计中的应用

7.3.1　专业理论

1．室内环境中色彩设计的原则

室内环境中的色彩设计跟其他部分的装饰设计一样，具有双重功能，即实用性和审美性。在充分考虑室内外空间功能和色彩的关系、使用者的色彩爱好等前提下进行设计，才能创造出美观、舒适的色彩环境。在室内环境色彩设计中，其方法多种多样。总体上来讲，给人以美感的色彩设计，大都是色调整体上协调、统一。室内环境中色彩设计遵循的原则如下。

（1）整体统一的原则

在室内设计中色彩的整体统一性，就如同音乐的节奏与和声一样，各种颜色相互作用于室内环境中。统一与变化贯穿于整个室内色彩空间中，恰当的处理两者之间的关系是创造室内空间气氛的关键。强调基调就是统一，而求变化则是追求色彩的丰富多彩，避免过于单调和沉闷。色彩的统一意味着色彩的明度、纯度和色相之间的相互靠近，从而产生一种统一感。如图7-19所示的室内设计作品就体现了整体统一的原则。

（2）满足室内空间的功能需求

色彩能从生理和心理上对人产生直接或间接的作用，不同的空间有着不同的实用功能，色彩设计也要随着功能的差异而相应变化。例如在教学楼或是办公楼的室内色彩设计中，要充分考虑色彩对人们的调节作用，色彩不宜过多。使用高明度的色彩可获得光彩夺目的室内空间气氛，如图7-20所示。

（3）充分考虑所处的地域性和民族习惯

室内色彩的配置必须符合环境特点和民族习惯的要求，应充分发挥室内色彩对空间的美化作用。不同的民族有不同的色彩使用习惯，有着禁忌和崇尚的用色。地域性也是色彩设计时要考虑的一个因素。在我国室内环境中，北方大多偏暖色调，因为北方气候寒冷；而在南方大多以冷色调为主，这是因为炎热的气候起到了主导作用。

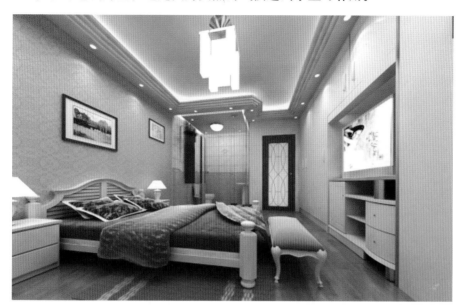

图7-19　室内设计作品（陈锐侠）

图7-20　学生习作

2. 家庭室内色彩分析

（1）客厅的色彩

客厅是我们迎接宾客的重要场所，客厅的色彩不仅直接表现主人的品位，也在一定程

>>>>>>>>

度上影响主客的情绪，不能不注意。从色彩上来说，客厅在家庭环境里是比较活跃和欢快的地方，也是人相对比较集中的场合，所以在设计上可以较其他空间明快些、热烈些。客厅一般比其他空间的面积要大，色彩运用也较为丰富。客厅的色彩应以反映出客人热情好客的暖色调为主，允许有较大的色彩跳跃和较强的对比性，并应突出各个重点装饰部位。

（2）卧室的色彩

休息和睡眠是卧室的基本功能，因此在色彩设计上以安静、舒适、和谐、典雅的气氛为主，让人在舒适的环境中得到休息。一般来讲，卧室的色彩不宜过多或刺眼，尽量选择中低纯度的颜色，不选择明度较高的颜色，以免刺激眼球，影响睡眠质量，因此卧室一般以米色、浅棕色、灰绿色或是灰蓝色为主。但是对于色彩，不同年龄人群的要求差异较大。儿童房应以明快的颜色、生动的卡通图案为主；新婚夫妇的卧室应以活跃、热烈的暖色调为主；中老年的卧室应以白、淡灰等色调为主，如图 7-21 所示。

图7-21　卧室的色彩（冯滨）

（3）餐厅的色彩

餐厅作为用餐的专用场所，在色彩的选择上应以干净、明快的色彩为主，如白与黑的搭配，或选择浅灰色、米色、灰黄色等，如图 7-22 和图 7-23 所示。

（4）厨房的色彩

厨房是家庭空间里产生垃圾最多的地方，同时也是最难打扫的地方，因此在颜色的选择上，墙面应以清洁卫生的颜色为主，如白色、浅黄色、蓝色等；而地面的颜色应选择深色等耐污性强的颜色；顶部应以浅黄色或是浅灰色为主。

（5）书房的色彩

书房作为学习和休息的场所，应创造清爽、安静的学习气氛。书房色彩不宜过重，对比也不宜强烈，透光性能要好。在色彩的选择上应以冷色调为主，也可根据主人的爱好而定。色彩的明度要高于其他房间，局部可以使用成熟稳重的颜色，如褐色、棕色。传统风格的饰物很适合装饰于书房，如图7-24和图7-25所示。

图7-22　餐厅的色彩（1）（冯滨）

图7-23　餐厅的色彩（2）（冯滨）

（6）卫生间的色彩

卫生间作为室内空间的重要组成部分，具有相当大的私密性。在色彩的选择设计上，通常情况下选择以白色为主的浅色调，地面、墙面及顶面均以白色、浅灰色、淡蓝色等为主。

>>>>>>>>>

在现在的设计中也出现了较为时尚的色彩设计，以深色为主，地面及墙面以黑色、银色做小面积的点缀。两种装饰效果各有特点，设计时要充分考虑户主的个人喜好。如图 7-26 和图 7-27 所示为卫生间作品中色彩的应用。

图7-24　书房的色彩（1）（冯滨）

图7-25　书房的色彩（2）（冯滨）

色彩在室内设计中的作用是举足轻重的，会使人产生各种各样的情感和视觉感受，是确定室内氛围最直接的手段。室内设计作品是否优秀，色彩设计往往起着重要的作用。一般室内色彩的设计都基本遵循色彩调和的原则和规律。但是，如果按照色彩的使用方法，可使色彩的识别方法产生种种变化。在进行色彩设计时，若能很好地利用色彩的对比规律进行室内的色彩设计，则可获得较好的效果和出其不意的色彩变化。

图7-26　卫生间的色彩（1）　　　　　　图7-27　卫生间的色彩（2）

7.3.2　专业实训

1. 实训内容

（1）根据户主的个人喜好不同，设计两张同一场所而不同色彩的室内效果图。

（2）结合色彩流行趋势，对室内色彩的流行趋势进行分析与研究。

2. 训练要求

（1）在室内设计过程中，按照流行色卡所提供的色彩进行配色。

（2）完成手绘图后，用绘图软件完成效果图。

（3）结合设计的作品，撰写课程设计报告书。

3. 实训目的

（1）掌握色彩在室内设计中的运用规律。

（2）提高学生在设计过程中的实际动手能力。

7.4　色彩构成在数字媒体设计中的应用

7.4.1　专业理论

近几年来，商业影视都喜欢追求视听的极致效果，音效与场面视觉效果是该类电影能否成功的一个关键。声音是话语的前提，色彩是另一种声音。在电影中，除了用演员的语

>>>>>>>>>

言、形体等来表现主题外，道具及服饰、背景等色彩的运用也能在一定程度上帮助观众理解影片的主旨以及所要表达的思想。

具体地说，色彩在影视与动漫应用中可以起到以下几种作用。

1. 烘托氛围

使用色彩能够加强电影的氛围，这是将观众带入电影情境中的一种最直观的方法，只有让观众置身于一定的情境中，他们才可能体会出导演、演员们所需要表达的主题。

如电影《2012》中，大面积的蓝绿色以及杂乱的色彩，很好地衬托出了世界末日即将到来的压抑、沉闷、恐慌的氛围，如图7-28所示。另一部灾难片《后天》中，也同样运用了忧郁的蓝色与灰色，将灾难到来时的氛围很好地传达给观众，如图7-29所示。

图7-28 《2012》中的场面——世界坍塌

图7-29 《后天》中灾难来临的场面

张艺谋导演的影片一向以画面唯美而著称,《十面埋伏》和《满城尽带黄金甲》便是其中的代表作。《十面埋伏》中运用了大量的明快色彩,却在一定程度上反衬出了所需要表达的诡异莫测的气氛。微风吹动,翠绿的竹林中将要发生的事情,让观众产生无限的遐想,如图 7-30 所示。而《满城尽带黄金甲》中,大量金黄色的运用,使整个画面有一种极度恢弘与盛大的气势。而这种宏大的场面也让观众一饱眼福,如图 7-31 所示。

图7-30 《十面埋伏》中的唯美竹林

图7-31 《满城尽带黄金甲》中的场景

2. 传达电影的情绪

色彩在电影中的另外一个作用是传达电影中所携带的情绪,有时色彩的传达并不比音

> > > > > > > > >

乐的传达效果要差。

　　如图 7-32 所示，《第九鹰团》讲述了一个关于救赎的故事，当英雄面临末路，当荣誉变为过往，那种悲壮的情绪是难以用语言来诉说的。在这部关于爱与荣誉、关于友情与救赎的电影中，大量的灰色、棕色的运用，让我们不自觉地对这些勇士感到肃然起敬，也感受到了荣誉丧失时的悲哀及孤军奋战时的悲壮。

图7-32　《第九鹰团》

　　明亮的色彩会让观众感受到另一种情绪。在《偷天换日》中（图 7-33），有这样的一幕：一辆迷你汽车风驰电掣般地行驶在街头、郊外、雪山下。无论是车的颜色还是景色，都是高亮度的颜色，这和电影中的剧情是分不开的。而这样的颜色设置加上一首曲调诙谐的《Money》，让观众也感受到了窃贼们偷到大笔黄金后的狂喜。更与之前偷盗过程中的紧张形成了鲜明的对比。

图7-33　《偷天换日》

<<<<<<<<<

3. 吸引观众的注意

提到色彩，便不得不提到其吸引人注意力的作用。而这些作用在电影以及电影海报上的应用显得尤为重要。

动漫是孩子们的最爱，而最能吸引孩子们的色彩便是鲜艳的色彩。《小熊维尼》(图7-34)是一部深受幼儿喜爱的动画片，而其吸引孩子们的最直接的手段便是那些浓重鲜艳的颜色。红色、黄色是维尼小熊的主色调，而百亩森林则是用各种层次的绿色来渲染，引人注目，而且大量的对比色的应用也在一定程度上丰富了画面，小朋友们看到了自然喜欢。

图7-34 《小熊维尼》

老少皆宜的《冰河世纪》(图 7-35) 在色彩的应用上更是炉火纯青。动画开始就是一片雪白的冰川，然后在冰川上探出个灰色的小松鼠脑袋。在《冰河世纪》中，色彩对比、色彩烘托在整体上应用明显，在表达上能够凸显主角。看完影片后人们可能会忘了很多情节，但是一开始就出现的小家伙却很难让人忘却，雪白画面上流动的灰色点，偏执中略带可爱的小松鼠让人无法忘怀。由此可见，情节固然重要，可是色彩的运用也不容忽视。

图 7-35 《冰河世纪》

>>>>>>>>>

7.4.2 专业实训

1. 实训内容

（1）挑选两部优秀的影视作品，分析色彩运用成功的地方。

（2）挑选两部不受欢迎的影视作品，分析色彩运用不成功的地方。

2. 实训目的

通过对比，对色彩在影视作品中的应用有一定的了解。

7.5 色彩构成在产品设计中的应用

7.5.1 专业理论

在产品激烈竞争的今天，产品的质量固然重要，产品的包装更是不可或缺的一部分。较好的设计理念是降低成本而增加视觉效果。人们在感受空间环境的时候，首先会注意色彩，然后才会注意物体的形状及其他因素。色彩的魅力举足轻重，影响着人们的感觉，只有产品的色彩环境符合主人的生活方式和审美情趣，才能使人产生舒适感、完全感和美感。

人们常以五颜六色来形容我们今天所接触商品的丰富。然而，当面对市场上同质同类的国内和国外产品时，人们更容易被国外产品所吸引，为什么？这很大程度在于其漂亮、和谐、丰富的色彩。正因如此，一些国外企业在进入国内市场竞争时，色彩营销在实际的竞争中已扮演着重要的角色，这一点从诺基亚以"色彩旋风"为卖点就可以得到充分证明，如图 7-36 和图 7-37 所示，诺基亚 6700s 在机身设计上采用多彩风格，具有现代银、诱惑紫、樱花粉、中国红、湛清蓝、柠檬绿六种缤纷的色彩。

"色彩营销"战略作为一种竞争手段在国外已被广泛采纳和使用，它包括商品设计、商品包装、陈列搭配、百货店布置、氛围营造、卖场设计、销售技巧等一系列有关的事项，它给产品带来的附加值十分巨大。从产品的色彩方面分析，第二次世界大战后的 20 世纪50 年代，人们渴望安定和平，所以那时人们都喜欢较为深暗、沉静的蓝、绿色等冷色调作为工业产品造型的色彩。20 世纪六七十年代后，人们生活相对稳定，于是色调也逐渐由暗变明、由冷变暖，变单调为多色彩。近年来随着航天事业的发展，人们更是极力地通过产品造型色彩来反映他们对于星际交流的强烈追求和热爱，喜欢含有金属光泽意味的铁灰、银灰、银黑等"宇宙色"。

在产品造型设计中，须着重考虑色彩问题。色彩在整个产品的形象中最先作用于人的视觉，可以说是"先声夺人"。产品色彩如果处理得好，可以协调或弥补造型中的某些不足，使之更加完美，很容易博得消费者的青睐，进而收到事半功倍的效果。反之，如果产品的色彩处理不当，则不但影响产品功能的发挥，破坏产品造型的整体美，而且很容易破坏人们的工作情绪，使人们出现一些枯燥、沉闷、冷漠甚至沮丧的心情，分散了操作者的注意力，降低了工作效率。所以，产品的造型中，色彩设计是一项不容忽视的重要工作，其色调的选择是至关重要的。

色调就是一眼看上去工业产品所具有的总体色彩感觉，它可以表现得生动、活泼，也可以表现得沉稳、庄重，还可以表现得冷漠、沉闷或是亲切、明快等。色调的选择应格外慎重，一般可根据产品的用途、功能、结构、时代性及使用者的好恶等，艺术地加以确定，确定的标准是色形一致，以色助形，形色交相辉映。

图7-36　诺基亚6700s（1）

图7-37　诺基亚6700s（2）

色调的确定一般还要参考以下几点。

（1）用暖色调有温暖的效果，用冷色调会使人感到冷清。

（2）以高彩度的暖色为主调能使人感觉刺激兴奋，以低彩度的冷色为主调可以让人平静思索。

（3）高明色调清爽、明快，低明色调深沉、庄重。

总之，色调是在总体色彩感觉中起支配和统一全局作用的色彩设计要素。

如图 7-38 所示，红色调的冰箱是有些争议的，制冷产品使用红色，打破了"冰"的感觉，但是红色又是中国人喜欢的喜庆色彩，所以也有很多这方面的设计。如图7-39所示，这种冰箱色彩被采用的比较多，市面上乳白色、含灰色是冰箱等制冷设备的常用色彩。究竟用色对否，只能相对而言，没有绝对化，只要符合消费者喜爱，符合使用环境，产品色有比较多的选择。

图7-38　红色冰箱　　　　　　　　　图7-39　银灰色冰箱

7.5.2　专业实训

1. 实训目标

（1）掌握产品设计的工作流程与重要环节。

（2）掌握创意思维的基本方法，以及创意的语言、元素的使用、视觉表现技巧等。

（3）掌握产品设计投标方法，参与具体实践设计，为实际设计工作打好基础。

2. 实训项目名称

依据课程内容进行模拟项目设计实训，根据内容可分为多个模拟实训项目，每个项目各有一个侧重面，通过每个模拟项目的设计实训，达到相关的知识、能力、素质的培养要求。知识点通过理论教学（多媒体课件）、校外实训，以及结合实际分析和设计定位开展的现场教学，使学生对抽象的理论知识有实际的感性认识，并加深理解。技能点则在单元项目设计实训中重点解决；素质点在理论教学、现场教学、单元项目设计实训过程中培养。实训类型、项目名称和实训内容如表7-1所示。

表7-1 项目实训

类 型	实训项目名称	实训内容
模拟项目实训	产品设计方法实训	拟定课题方向、制订工作计划、应用头脑风暴分析法
	产品的功能与结构设计实训	产品结构的调查发布，产品功能、结构的设计方案
	产品的形态设计实训	产品形态的图文分析报告，产品形态的设计方案
	产品系统设计实训	产品的系统设计要素训练（含商业规划和分析报告）

7.6 色彩构成在服装设计中的应用

7.6.1 专业理论

色彩同样也是服装的一个必不可少的组成部分，甚至可以说，色彩是服装的灵魂，是表达服装思想的语言。

在中国古代，服装的颜色是和阶级等级分不开的。以明朝为例，皇帝的龙袍以明黄色为主，象征着天子的至高无上。对于官袍，一品至四品官穿绯色（大红），五品至七品官用青色，八品以下用绿色。平民百姓所穿的盘领衣必须避开玄、紫、绿、柳黄、姜黄及明黄等颜色，其他如蓝色、赭色等无限制，俗称"杂色盘领衣"。

然而，在等级制度已经不存在的现代社会，我们理解色彩和服装设计的关系，可以从以下几个方面来着手。

1. 服装的色彩与穿着场合的关系

小黑裙一直是职场女性衣橱里必不可少的装备，这是因为，对于工作场合的人们来说，黑、灰、褐这一类严肃的颜色会使她们看起来更专业。在这个时候，百搭的小黑裙，以它永不出错的黑色便博得了出位的机会，所以有句话是这样说的："如果你不知道今天该穿什么去上班，那么就穿小黑裙吧，这样准没错。"如图 7-40 所示为不同款式的小黑裙。

婚礼是每个人的人生中的大事，而洁白的婚纱也是每个新娘梦想。在西方文化中，洁白的婚纱代表着纯洁，为婚礼中的新娘添加了一抹圣洁的色彩。中国传统文化中，新娘的礼服则是大红色，大红的礼服昭示着人们对新人的祝福，也预示着将来的日子会过得红红火火，因此十分讨彩。如图 7-41 所示。

如图 7-42 所示，范冰冰穿着的"仙鹤裙"具有浓郁的中国风情，仙鹤象征自由、和平，其形象洁白、高贵，能够传递出对世界和平的期待和向往。该礼服图案由九只仙鹤组成，设计师坦诚是根据个人喜好确定的，其实"九"又有特别的意义，可代表九九归一，长长久久等。在礼服上，九只仙鹤有九种姿态、九种变化、九种节奏。

2. 服装与穿着季节的关系

由于色彩对人的心理是有一定影响的，比如说冷色调使人感到凉爽，而暖色调让人感

到温暖。所以，在服装设计的过程中，也应考虑服装的季节性与服装颜色的关系。

图7-40　不同款式的小黑裙

图7-41　结婚礼服

　　观察我们身边人们的穿着不难发现，夏天时，很少有人会穿着黑色或其他深色系的衣服。这不仅仅是因为深色的衣服会吸热，而是深色其颜色本身也会给人一种沉闷的感觉。这样的衣服使得人们在夏季的时候会十分不舒服，或者说穿深色的衣服，人们的心理温度会比感官温度要高。而在冬季的时候，鲜艳颜色的衣服就逐渐变少。就算是有鲜艳颜色的衣服，色彩也是被加深了，如深蓝色、深红色、橘黄色等。

　　衣服色彩与季节的关系可以说是密不可分的，所以在设计衣服时一定要考虑到衣服所适合的季节和颜色。如图 7-43 为不同季节的服装。

　　3. 衣服颜色与穿着人年龄之间的关系

　　童装设计中普遍采用明度较高的色彩，色彩配置要表现得艳丽、活泼，以便给人一种生机勃勃的跳跃感（图7-44）。年轻的白领阶层，受过高等教育，具有全新的、超前的消费理念，具有独特的想象，着装的品位较高。在男装的设计上要大胆地运用色彩，既要体现出年轻人的个性，也要融入现代以及后现代的元素，这样才能得到他们的青睐；而女装中色彩的运用必须要把款型与色彩完美结合在一起，在设计中要做到大胆前卫而又不落俗套。中年男性的服装在色彩运用方面要突出沉稳、含蓄，并且适当地加入一些象征事业有成的色彩，如前面提到的金属色和黑色；而女装则主要以复归传统为主题，色彩表现上多用象征内敛的颜色，例如紫罗兰色；老人的服装应使用具有稳重感、朴素感的色调，稳重的色调符合老年人的生理和心理要求。

图7-42　仙鹤裙

当然，颜色与服装设计之间的关系还有很多种，在不同情况下需要用什么样的颜色，还有颜色与款式之间应该有怎样的关系，这些都需要同学们去不断探索。

7.6.2　专业实训

1. 实训内容

（1）根据流行色在服饰色彩设计中的运用方法，结合目前的流行色，设计两张服装色彩效果图。要求如下：

① 各组色彩的穿插组合与运用。

② 流行色与点缀色的组合与运用。

（2）结合当前的色彩流行趋势，进行流行趋势的预测分析与研究。

>>>>>>>>>>

图7-43　服装

图7-44　儿童服装

2. 实训目的

掌握流行色的规律。

3. 实训要求

（1）在服装色彩设计过程中，按照流行色卡所提供的色彩进行配色。

（2）服装设计中流行色应用的关键在于把握主要色调。

案例欣赏篇 》

模块 8　具体作品欣赏

8.1　平面广告设计作品欣赏

　　如图 8-1 所示，此案例是为"新鲜人"饮品专卖店设计的吉祥物造型，蓝色和橘黄色的互补搭配完全，能引起强烈的视觉注意力，又有着新鲜可人的食欲感，把造型的亲切可爱衬托出来。

图8-1　"新鲜人"吉祥物（陈杰）

　　如图 8-2 所示，此案例为多功能清洁剂的卡通代言形象，水蓝色的造型给人清新洁净的印象，而搭配的红色领巾、头盔和盾牌，对比强烈又不失和谐的色彩，让整体造型充满了视觉凝聚力，色彩饱满而生动。

>>>>>>>>>

防卫保护

图8-2　多功能清洁剂的卡通形象（陈杰）

　　如图 8-3 所示，标志设计是企业形象设计元素的关键部分，标志的色彩应该能很好地表达企业的性质和内涵，利用纯度高的色彩可进行对比色或互补色的强对比，并大多采用抗衡调和法。

图8-3　标志设计（陈杰）

<<<<<<<<<

如图 8-4 所示，与强调瞬时瞩目性的标志、吉祥物等小面积的设计运用对比强烈的配色手法不同，版式设计中应该考虑版面的整体性，在读者长时间阅读时不引起视觉疲劳，运用统一的色调表现一定的主题，其间运用活跃的色彩使读者保持兴趣，多用优势调和法。

图8-4 版式设计（廖健安）

>>>>>>>>>

如图 8-5 所示，此款葡萄酒的包装设计方案采用紫红色与灰金色的搭配，典雅而高贵，实为紫色和黄色的互补搭配调和的更高级手段。

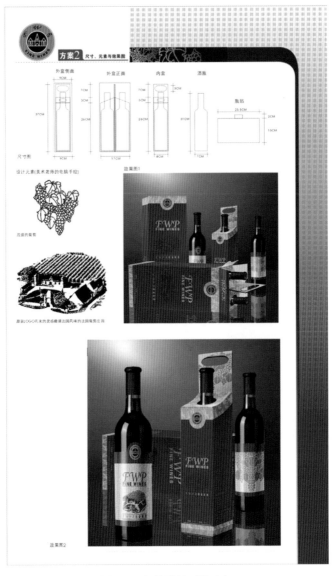

图 8-5　包装设计（陈杰）

8.2　空间设计作品欣赏

色彩在空间设计中的作用是巨大的，对于家居空间的设计，色彩不应该过分杂乱，相互呼应统一的色调有助于营造典雅温馨的居家环境，同时可以在装饰品、家具等小面积处运用对比的色彩，使环境协调舒适又不失活泼的亮点（如图 8-6 所示）。

空间设计中通过灯光等手段营造出冷暖不同的空间氛围，可以增强空间的层次感。如图 8-7 和图 8-8 所示。

图8-6　家居空间设计（廖健安）

图8-7　空间设计（1）（廖健安）

图8-8　空间设计（2）（廖健安）

8.3　数字媒体设计作品欣赏

在动漫造型设计中，色彩的准确运用能为画面提升强烈的气场，统一柔和的蓝紫色调为画面，营造出神秘又梦幻的氛围，如图8-9所示。

热烈的红黄色调使画面笼罩在浓郁的节日气氛中，大面积的暖色搭配小面积的人物服装的冷色处理使画面不再单调，从视觉上感觉活跃又饱满，如图8-10所示。

大面积的蓝紫色调中搭配适量的暖色，为冬日的场景营造出温馨的氛围，如图8-11所示。

<<<<<<<<<

图 8-9 双子星神（廖健安）

图8-10 新年好（廖健安）

图8-11 兔年快乐（廖健安）

8.4 产品设计作品欣赏

在产品设计中色彩的运用应与产品的功能完美地结合。这款能在空间中投射出梦幻的"极光"的投影仪的设计采用透明的磨砂材质与柔和的粉色相结合，与梦幻的投影效果完美融合，同时可以变换不同的色彩以适应不同的空间搭配，如图 8-12 所示。

>>>>>>>>>

　　如图 8-13 所示，鲜亮的绿色契合环保的主题与质感闪亮的金属白色搭配，有着强烈的未来科技感。

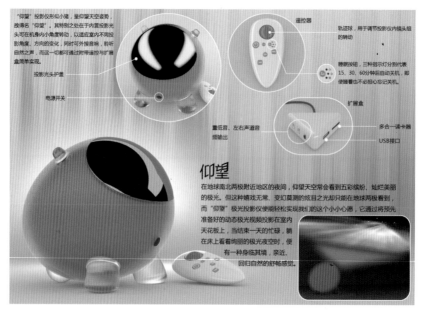

图8-12　仰望（劳智迪）

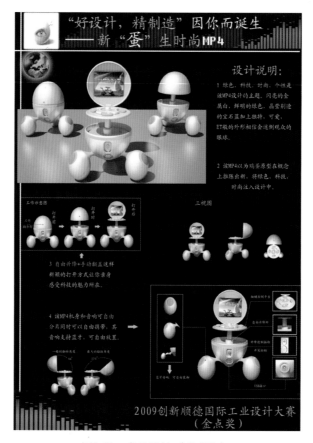

图8-13　产品设计（李春陶）

如图 8-14 所示，这个蜗牛排插在特定位置的鲜艳用色，使实用性和装饰性很好地融合。

作为家居冷藏器的创意设计，在白色的基础上搭配小面积不同的鲜艳色彩，显得既洁净明快又能适应不同的个性表达需求。如图 8-15 所示。

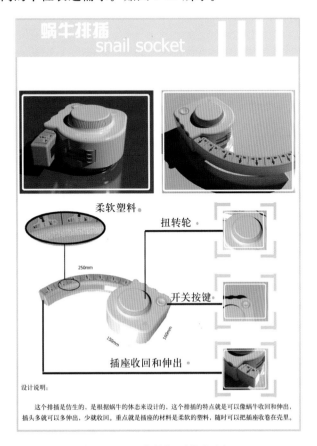

图8-14　蜗牛排插（蒙广涛）

图8-15　家居冷藏器创意设计（韦新荣）

色彩构成

如图 8-16 所示为带有压力感应的自行车，设计独特，颜色鲜明。

图8-16　自行车（韦新荣）

8.5　服装设计作品欣赏

如图 8-17～图 8-20 所示，分别应用了不同的色彩构成进行服装的设计。

图8-17　色彩构成：纯度对比

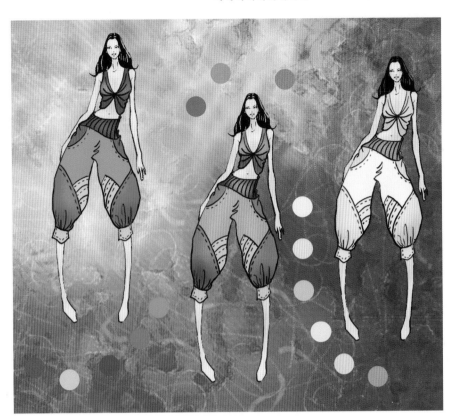

图8-18 色彩构成：明度对比

图8-19 色彩构成：冷暖对比

图8-20　色彩构成：同类色搭配

参 考 文 献

[1] 肖晟，吴卫. 色彩构成. 北京：北京理工大学出版社，2006

[2] 于路. 彩色漫画手绘技法. 上海：上海人民美术出版社，2007

[3] ［荷兰］布鲁诺·恩斯特. 魔镜——埃舍尔的不可能世界. 田松，王蓓译. 上海：上海科技教育出版社，2003

[4] 辛华泉，张柏萌. 色彩构成（第3版）. 武汉：湖北美术出版社，2003

[5] 陈伟，张瑞琴. 动漫色彩构成. 北京：清华大学出版社，2007

[6] 赵国志. 色彩构成. 沈阳：辽宁美术出版社，1996

[7] 于凯，王剑白，王焕波. 色彩构成. 北京：中国水利水电出版社，2009

[8] 张彪. 色彩构成设计. 合肥：安徽美术出版社，2002

[9] ［美国］莱斯利·卡巴加. 环球配色惯例. 吴飞飞译. 上海：上海人民美术出版社，2003

[10] 陈重武. 新色彩构成. 天津：天津人民美术出版社，2003

[11] 李萧锟. 色彩学讲座. 南宁：广西师范大学出版社，2003